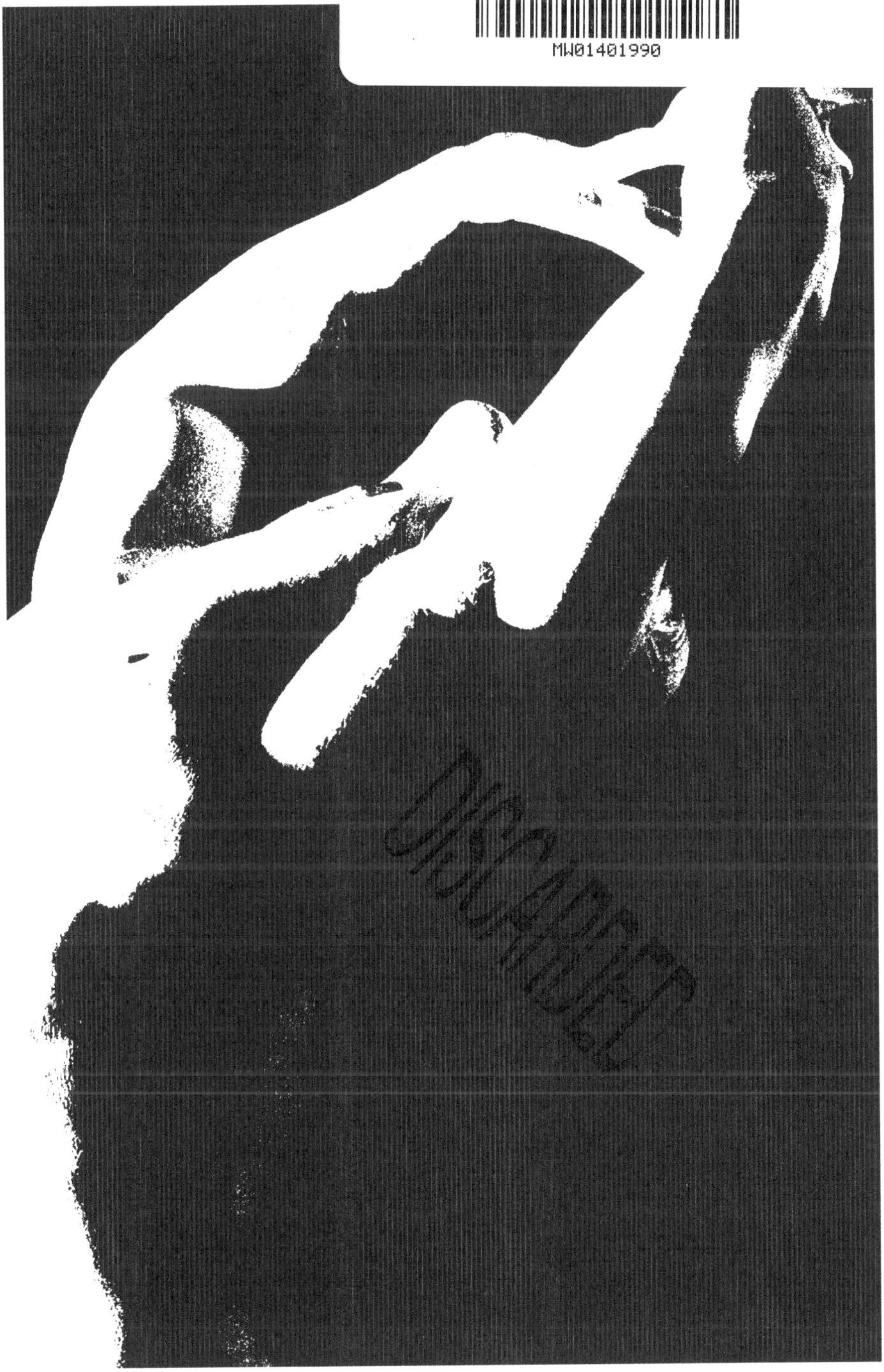

NOCTURNO
y otros desamparos

Moisés Agosto-Rosario

NOCTURNO
y otros desamparos

TERRANOVA
EDITORES

© 2007 MOISES AGOSTO ROSARIO
PROHIBIDA LA REPRODUCCIÓN,
EN CUALQUIER FORMA Y POR CUALQUIER MEDIO, DE ESTA EDICIÓN.

ARTE DE PORTADA:
©2006 Dan Brandenburg, *Naked Guy*

FOTO DEL AUTOR:
©2005 José Antonio Orza

ISBN 13: 978-0-9791428-3-3
ISBN 10: 0-9791428-3-0

IMPRESO EN COLOMBIA
PRINTED IN COLOMBIA

TERRANOVA EDITORES
CUARTEL DE BALLAJÁ
LOCAL V
VIEJO SAN JUAN, PUERTO RICO 00901

P.O. BOX 79509
CAROLINA , PUERTO RICO 00984-9509
TELEFAX: 787.791.4794
EMAIL: ETERRANOVA@PRTC.NET
WWW.TERRANOVAEDITORES.COM
"*LEER ESTÁ DE MODA; REGALE UN LIBRO*"

índice

NOCTURNO	ENTRE LAS VACAS Y LOS NIÑOS 15
	AGUAVIVA 25
	SOMBRILLAS ROSADAS 37
	ROMPECABEZAS 45
	INCESANTE 55
	NUBES 67
	EL BAILE DE LAS ROSAS 75
	REVELADO 83
OTROS DESAMPAROS	ESPERANZA 97
	BEATRIZ 103
	MINERVA 111
	MATILDE 119

A los amigos de la noche,
el desamparo
y sus ritos...

Nocturno

Al ver tantas vidas al descubierto en tan poco espacio de tiempo, el viajero adquiere una nueva comprensión de sí mismo y de su lugar en el mundo. Se ve como un elemento de un vasto conjunto, y se ve como un individuo diferenciado, un ser sin precedentes con un futuro personal insustituible. Y se entiende, por último, que sobre él recae la exclusiva responsabilidad de ser quien es.

Paul Auster
La noche del oráculo

Entre las vacas y los niños

❋

"En aquel tiempo los carniceros degolladores del matadero eran los apóstoles que propagaban a verga y puñal la federación rosina"
Esteban Echeverría— "El Matadero"

Era casi hora de acostarnos cuando titi Luz nos mandó a bañarnos juntos. Siempre le tuve miedo a ese baño. En vez de un inodoro de porcelana tenía una caja de cemento sin pulir con un roto cuadrado en el medio. La ducha era también toda encementada, sin cortinas, ni losetas decorativas. Un cable colgaba del techo con una bombilla de poco voltaje que se mecía de un lado a otro. La puerta eran dos láminas de zinc unidas por varios tablones, sostenidas con dos tuercas a cada lado que la hacían abrirse y cerrarse. La ducha era un tubo que salía de la pared con una lata de café llena de muchos agujeros, la cual se sostenía al tubo gracias a unos cuantos alambres enroscados. Las paredes estaban cubiertas de un hongo verde oscuro que provocaba un olor a tierra húmeda que traspasaba los pulmones.

Entramos, nos desnudamos y tiramos la ropa dentro de una canasta de paja en una de las esquinas del baño. Disimuladamente, me percaté de la desnudez de Alberto y, por primera vez, observé deliberadamente su cuerpo blanco y simple. Abrimos el grifo y esperamos por varios segundos hasta que la lata se llenó y comenzó a dejar caer sobre nosotros goterones de agua que parecían venir desde el cielo en cámara lenta. Empezamos a ducharnos y a enjabonarnos sin que nuestras miradas se encontraran. Me viré de espaldas a Alberto. No podía soportar la tensión que había, no quería tener que acceder a ese deseo que me carcomía por verlo desnudo, todo mojado y envuelto en lavaza. Fue en ese instante que Alberto me agarró por la espalda y comenzó a forcejear conmigo. A ver si así desaparecía la vergüenza.

Comenzamos a jugar a la lucha libre. Nuestros cuerpos húmedos resbalaban el uno contra el otro. Mis brazos se entrelazaban con las piernas de Alberto, y de momento Alberto dio un giro sosteniéndome con sus brazos por debajo de mis hombros, y de espaldas a él. Me encontré totalmente inmóvil. Alberto parecía estar fatigado y comenzó a respirar con fuerza. Mi espalda le rozaba el cuerpo. Él me sostenía sin dejar que me moviera. Sentí su respiración cerca de mi oreja y su vejiga empujarse contra mis nalgas. Poco a poco, lo sentí tratando de abrirse paso entre mis piernas enjabonadas. Fue en ese momento cuando comencé a sentirme mareado, y no sabía si era por el olor a musgo que salía de las paredes, el olor a amoníaco de la letrina, o porque Alberto me estaba agarrando demasiado fuerte impidiendo que el aire me llegara a los pulmones.

—Alberto, ¿qué haces? Mira que me asfixias
—Nada, nada, quédate quieto.

Mi primo me soltó un poco, pero siguió presionando su vejiga contra mi espalda. Yo traté de liberarme, pero él me sostenía con fuerza. El agua que nos caía desde la lata de café ya me había enjuagado la lavaza. Entonces, la voz de titi Luz traspasó las paredes húmedas del baño: que ya era hora de acostarnos a dormir. Alberto dio un brinco, soltándome bruscamente. Nos secamos con las cabezas bajas, sin mirarnos el uno al otro, nos pusimos las pijamas y salimos del baño cruzando un camino que había entre la casa y el pequeño rancho.

La tierra estaba fría a pesar del calor que hacía. Titi Luz nos esperaba en la puerta y su sombra la hacía gigantesca. Al llegar a la casa nos sacudimos los pies y nos sentamos en una mesa, en medio de la cocina, para beber chocolate caliente con queso derretido. Para evadir la mirada de Alberto, seguí el humito que salía de la taza hasta el techo que parecía estar tan lejos. Los techos eran láminas gigantescas de zinc que estaban sostenidas por tablones gruesos de madera, cruzados unos sobre otro. El único color en las paredes era el gris polvoriento del cemento sin pintar. Las ventanas eran de aluminio pintado de blanco y los únicos muebles que había eran un sofá, una mesa en la cocina, una nevera mohosa, varios gabinetes apolillados y una estufa de gas verde, también corroída por el moho.

Nos acostamos en la misma cama, las luces en la casa se apagaron y cuatro franjas de luz blanca, que provenían del alumbrado en la calle, se reflejaron en la pared. Una claridad tenue me permitió observar a través del mosquitero los tablones en el techo y el ropero con dos espejos que reflejaban nuestros cuerpos pequeños, forcejeando nuevamente entre las sábanas con olor a clorox que nos cubrían.

Miré hacia afuera por las rendijas de la ventana y las hojas del árbol de flamboyán frente al cuarto estaban tiesas. No había ni una pizca de brisa. Los coquíes y los grillos no dejaban de cantar. A mis oídos su cantar llegaba intermitentemente cada vez que era interrumpido por la respiración fuerte de Alberto detrás de mis orejas. Comenzó a tocar mis nalgas, a pegarse lentamente a mi cuerpo. De espaldas, sentí cómo se estrujaba contra mí. El sueño comenzó a hacer que mis ojos se fueran cerrando lentamente y lo único que sentía era el calor, el sudor, el cuerpo de Alberto y una pesadez sobre mis párpados que me iba nublando la conciencia hasta oscurecerlo todo.

Al día siguiente me levanté como a las cinco de la mañana. Titi Luz ya estaba haciendo café. Me vestí con mis mahones favoritos y una camisilla blanca llena de rotos. Ella estaba sentada en la mesa de la cocina.

—Pero mira que este muchacho madruga. ¿Qué tú haces despierto tan temprano?

—Tití, que quiero ir a casa de abuelo.

—Bueno, pero ten cuidao cuando salgas que hay unos perros realengos por ahí y los otros días mordieron al hijo de Doña Hortensia.

—No se apure Tití, que usted sabe que la casa de abuelo no está tan lejos.

El frío de la mañana me paraba los pelos. Los perros ladrando y los gallos cantando me hacían caminar rapidito. El cielo todavía oscuro traía consigo una brisa tenue y un olor a café que salía de las casas alumbradas listas para comenzar el día. La casa de mis abuelos estaba al final de la calle, yendo hacia el matadero de vacas. Abajo tenían una bodega.

—Muchacho, que tú te levantas con las gallinas—me dijo mi abuelo, masticando un pedazo de pan con mantequilla que acababa de llegar de la panadería. Comencé a ayudarles con las tareas del día, que habían comenzado a las cuatro de la mañana. Ya mi abuela colaba el café que mi abuelo y los madrugadores de la barriada que trabajaban en el matadero esperaban, atragantados con el pan. Todas las mañanas la bodega se llenaba de hombres con camisetas llenas de manchas de sangre vieja que iban a desayunar. Mientras abuela colaba el café, abuelo Pancho se paraba frente al mostrador sacando de la nevera latas de néctares, maltas, leche y cualquier otra cosa que le ordenaban los trabajadores. Los hombres seguían llegando y abuelo se la pasaba de una nevera a la otra repartiendo pedazos de queso de papa, jamón y huevos para los que querían comer sándwiches. En la parte trasera de la bodega se encontraba el almacén, con sacos de viandas, frutas, cereales y maíz seco para las gallinas, al lado de la cocina, de donde venía abuela Margó con el café y los sándwiches de jamón, queso y huevo que le habían ordenado. La oscuridad en el almacén y los olores que se esparcían sueltos entre los sacos de granos me hacían pensar en aquellos hombres que llegaban en caravanas a la bodega y en las vacas angustiadas que los esperaban resignadas al poder degollador de sus brazos fuertes y velludos.

  Después de que el ajetreo de las órdenes se calmó un poco, me senté sobre unas cajas a beber café, comer pan con mantequilla y a observar a todos esos hombres brillosos, como si se hubiesen cubierto de rocío. Algunos jugaban conmigo y trataban de asustarme con historias de toros que se escapaban, o de vacas, que después de muertas mugían por las noches en las neveras gigantescas del matadero. Me fascinaba oírlos, olerles el cuerpo caliente, el aliento a tabaco y café y rozarme con sus brazos cuando me sentaban en sus piernas para jugar conmigo. El canto de los gallos se escuchaba por toda la barriada y la sirena en el matadero, que daba la señal de entrada a los empleados, rugía junto con el desesperado mugir de las vacas que presentían su muerte inevitable. El sol comenzó a asomarse detrás de las casuchas. Su reflejo se hacía más intenso cuando se encontraba de frente a los techos de zinc que cubrían la mayoría de las casas. Los hombres en la bodega comenzaron a ponerse de pie y a estirar sus cuerpos. Cada uno de ellos, antes de salir, me revolcaba el pelo o me daba nalgadas para que me les saliera del medio. Cuando salió el último trabajador cogí la escoba y comencé a barrer. Organicé los litros de leche en la nevera y puse en los anaqueles las latas de habichuelas que se encontraban en las cajas sobre las cuales me había sentado temprano en la mañana.

Tío Esteban, quién vivía con mis abuelos, era el más pequeño de la retahíla de hijos que mi abuelo había traído al mundo. Él no soltaba el cordón umbilical que todavía le proveía techo y comida. Mis abuelos siempre le ofrecían el añoñamiento necesario que le impedía transformarse en el casi hombre que su cuerpo proyectaba. De alguna u otra manera siempre tenía en sus bolsillos unos cuantos billetes de cien gracias a los chivitos que hacía por aquí o por allá. Bajó a la bodega demandando café, pan con mantequilla y revoltillo de huevos. Abuela Margó corrió rápidamente a servirle café y a prepararle el desayuno, a la misma vez que cocinaba las viandas con bacalao para los trabajadores del matadero que venían a almorzar luego. Tío Esteban siempre me ignoraba. Sólo de vez en cuando me saludaba con una nalgada o una palmada en la cabeza. Esa mañana, no sé por qué razón, me senté frente a él en la mesa mientras desayunaba y, mientras lo observaba, lo vi cambiar frente a mis ojos. Mi tío no era aquel hombre con la boca llena de migajas de pan, sino un trabajador del matadero ofreciéndome sus brazos peludos y llenos de sangre. Él, que nunca me dirigía la palabra, al darse cuenta de mi mirada perdida que lo traspasaba, me preguntó:

—¿Y qué? ¿Cómo estás pasando tus vacaciones? ¿No te aburres aquí metío todo el día con la peste a purina sin hacer ná?

Encogí mis hombros, y con una voz temblorosa le contesté:

—No, si yo no me aburro.

—Que no sea burro—contestó abuela Margó riéndose—. Vete a ver televisión con tu tío que ya aquí no hay mucho que hacer.

Era la primera vez que iba a pasar un rato solo con tío, grande como una montaña, lleno de pelos por todo el cuerpo y con una sombra de barba que lo hacía verse majestuoso. Nos fuimos por la parte de atrás de la bodega, teniendo que cruzar por el almacén. El corazón se me aceleró cuando de improviso, sentí una brisa suave entrar por la puerta trasera, trayendo consigo un olor a purina y el profundo mugir de una vaca. Al salir del almacén estaban las escaleras que daban a la casa de arriba. Yo tenía que alzar mis piernas casi hasta mi pecho para poder alcanzar los escalones. Cada vez que miraba hacia arriba lo que veía era el cuerpo de montaña del tío Esteban.

Seguí estirando mis piernas hasta que llegué al último escalón. Tío Esteban ya estaba esperándome en la habitación. Una vez estábamos los dos en el cuarto, cerró las ventanas que daban al jardín de abuela y le puso el seguro a la puerta. Luego se quitó la camisa, los pantalones y prendió el televisor. Yo me senté en la butaca que estaba frente al televisor entre el ropero y la cama. "Este programa es para usted, para usted y para usted, y le traeremos alegría a todos sus hogares Los Alegres Tres..."

—Mijo, pero acomódate y quítate los pantalones, no tienes de qué avergonzarte que los dos somos hombres— decía mientras se ponía una mano sobre la vejiga y la deslizaba dentro del calzoncillo.

Disimuladamente me enseñaba sus pelos encaracolados. Me quité los pantalones y me quedé inmóvil frente a él.

—Vente a la cama conmigo, aquí es mejor. Vente...

Me acerqué y recosté mi cuerpo junto al suyo. Era la primera vez que estaba tan cerca de alguien. El cogió mi mano izquierda y se la puso encima del calzoncillo. Lo toqué con miedo, estaba duro y cubierto de piel como el mío, y con una babita que se me esparcía por los dedos. Me agarró por el cuello y me empujó hacia él.

—Abre la boca y chúpalo como si fuera una paleta. Vamos, ábrela.

Abrí mi boca lo más que pude y me atragantaba. Me asustaba el no poder respirar y sin embargo su sabor dulce me hacía querer seguir chupando. Se recostó hacia atrás y no me soltaba el cuello, lo empujaba y lo halaba. Se levantó, subió el volumen del televisor, me tomó por los hombros, desnudó mis caderas y me paró en la butaca de espalda al televisor, de frente a la ventana que daba a la calle. Hizo que me inclinara y que me sostuviera recostado a la ventana abierta. Los Alegres Tres seguían cantando y afuera se veían las calles cubiertas de polvo, los automóviles en piezas y los niños del barrio jugando sin mí. Se escuchaban los mugidos de dolor de las vacas desde el matadero, el olor a purina sobre el viento, el sonido de los niños, las vacas, los toros y Los Alegres Tres, "Este programa se acabó, se acabó y se acabó". De repente un bufido resonó en la habitación y una sensación de agua tibia se filtró en mi cuerpo. Luego, un silencio restauró la calma.

El silencio duró muy poco. La voz del primo Alberto se abrió paso por la casa hasta llegar a la puerta del cuarto de tío Esteban.

—Óscar, Óscar, vente... Vámonos a ver las vacas.

Me levanté rápidamente con los pantalones todavía enroscados en las rodillas. Tío Esteban se quedó inmóvil y tan sólo se cubrió con una toalla que tenía guindando de la cama. Me abroché los pantalones y finalmente abrí la puerta despacio. Allí estaba Alberto, quien me agarró de la mano y me dijo:

—Vente conmigo a ver las vacas que acaban de llegar al matadero.

Bajamos las escaleras corriendo. El bullicio del vecindario se entrelazaba al mugido de los animales indefensos que iban a ser degollados ese día. Alberto sabía dónde había un roto en una de las paredes del matadero, lo suficientemente grande para ver desde afuera el sacrificio que se iba a llevar a cabo.

Una vez que las vacas entraron al matadero, los trabajadores las hacían caminar en fila. Una a una, las degollaban. Les clavaban la cuchilla por el cuello y, una vez dentro, la torcían. Un chorro de sangre salía disparado de sus cuellos, salpicando los batones, que una vez fueron blancos, de los hombres del matadero. El olor a sangre se esparcía por el aire y Alberto me tomaba por el brazo otra vez y me decía:

—Vámonos, que me dio hambre.

Corrimos hasta la casa. Alberto llegó primero. Cuando dejé de correr sentí una agua caliente bajándome por las piernas. Deslicé mi brazo derecho por debajo de mis pantalones. Estaban húmedos con un agua espesa. Saqué la mano cuidadosamente y observé mis dedos llenos de un líquido rojo y una baba blancuzca. No pude evitar la tentación de olerlo. Era el mismo olor a sangre que todas las tardes se esparcía por el barrio.

AGUAVIVA

I

Era uno de esos días de playa espectaculares. El cielo hacía que el agua, con encajes de espuma, se viera azulita. Flotaba de espaldas a la multitud de gente que se congregaban allí todos los domingos; para broncearse, enterarse del bochinche más reciente, modelar sus pechos velludos, sus bigotes bien recortados y los trajes de baño de color neón. Observaba la línea que dividía el cielo del mar, lo infinito de ese espacio frente a mis ojos. El agua tibia me llevaba de un lado hacia el otro, hipnotizándome el cuerpo.

De momento, escuché un tiro. Una gritería de hombres y mujeres venían corriendo hacia el agua con sus rostros invadidos de terror. Me volví hacia el tumulto; allí se encontraba un tipo con una pistola en la cabeza de un muchacho sentado al lado de mis cosas. Forcejeó con el asaltante por su cadena de oro, pero éste logró arrancársela de un tirón. Disparó dos tiros al aire y salió corriendo como alma que lleva el diablo. No había nadie en la orilla. Todo el mundo huyó hacia el mar; colectivamente decidieron que era mejor morirse ahogados que de un tiro en la cabeza.

Una vez el asaltante desapareció, la gente comenzó a salir del agua.

—Nene, qué susto... Tú ves, este país está cabrón.

—A ese pillo siempre lo veo caminando por ahí, cruceando por la playa.

Salí del agua. Me dirigí hacia mis cosas. Allí el muchacho interrogado por la policía se veía tranquilo. Recogí mi mochila. Me fui a la barra, en el patio del Beach House, donde al final del día iba a socializar, encontrar macho y aspirar mi rayita de coca.

Empujé el portón de la hospedería. Me sacudí la arena de los pies. Luego me puse las sandalias y llevé mis cosas a una de las sillas vacías cerca de la baranda que daba a la playa. Saqué de la mochila una muda de ropa y me puse unos cortos kakis. Pedí un trago en la barra. Ordené una piña colada; volví a la silla a prepararme a observar el desfile de locas que venía. Diez minutos más tarde, los mismos que corrieron hacia el mar comenzaron a entrar a la hospedería. En grupos pequeños, se ubicaron estratégicamente en las esquinas más visibles de vista panorámica.

El muchacho asaltado entró por el portón. Unas cuantas locas lo comenzaron a acosar con preguntas. Sin prestarles atención miró alrededor del patio en busca de un lugar donde sentarse. Entonces, caminó hacia la silla en donde yo estaba. Por primera vez lo observé detenidamente. Sus movimientos eran suaves, pero firmes. Ni una pizca de timidez se reflejaba en su rostro. Su pelo negro y ondeado contrastaba con unos ojos azules, como el cielo que me dio paz cuando flotaba en el mar. Mientras más cerca, más podía observar sus facciones finas, el tono de su piel tersa; las curvas y los contornos de su cuerpo masculino. En sus piernas y brazos pude ver las sombras de unos músculos fuertes rodeados y cubiertos de vellos negros, lacios, repitiéndose por su cuerpo justa y moderadamente. Su piel era blanca como arena de playa virgen. Frente a mí sonrió.

—¿Te importa si me siento aquí?
—Por supuesto que no. ¿Cómo estás después del susto que pasaste?
—Estoy bien. La verdad que aunque estaba forcejeando con el tipo, estaba bien nervioso. Esa cadena fue un regalo muy especial, pero qué se va a hacer.
—Lo importante es que estás vivo. ¿Cómo te llamas?
—Edgardo. ¿Y tú?
—Sebastián.
—¿Te quieres beber algo?
—No, gracias, yo creo que me voy pronto. ¿Vas a estar aquí por mucho tiempo?
—No necesariamente, tengo que terminar este trago, ir a comer algo y luego para la casa.
—Yo estaba pensando irme a ver televisión, o al cine, para sacarme de la mente el susto. Si quieres te invito a comer un bocadillo de bisté a Kasalta. Quizás nos lo podemos traer a mi casa. Yo vivo cerca de aquí en la calle San Jorge.
—Chévere, pero vámonos pronto.

Él se fue a sacudir la arena de los pies, volvió, sacó unos pantalones de algodón anchos y comenzó a vestirse. Nos levantamos de la silla y las miradas de los bebedores de fin de semana nos persiguieron. Podía sentir el cuchicheo.

Salimos. Me hizo señas hacia su auto. Se acercó y me abrió la puerta. Su automóvil era un Volvo del año, rojo, con asientos negros tapizados en cuero. Mientras encendía la ignición me miraba con el rabito del ojo y sonreía.

Estacionamos el auto unas cuadras más abajo de Kasalta. Entramos. Un olor a pan recién horneado se nos enroscó por las narices. Edgardo comenzó a saludar gente. Mientras él ordenaba, yo observaba los dulces horneados, los quesitos, las mallorcas cubiertas de azúcar blanca, los turrones blandos, duros, latas de caviar y de aceitunas.

—Así iba a quedar después del asalto— comentó Edgardo, señalando los salchichones, chorizos y jamones colgando del techo—. ¿Vienes mucho aquí?— me preguntó.

—Desayuno y almuerzo mayormente los fines de semana cuando vengo a la playa.

—¿En qué trabajas?

—Soy estudiante. Tengo un trabajo de tiempo parcial en la biblioteca de la Universidad. ¿Y tú?

—Yo tengo una floristería en el hotel Caribe Hilton del Condado.

Regresamos al auto.

Salimos hacia la calle Loíza para conectarnos con la calle San Jorge. Durante la travesía observé los edificios color pastel de los años cincuenta y sesenta. Algunos, bien preservados, otros descuidados, cubiertos de mugre o paredes con pintura descascarada. Eran testimonio de innumerables tormentas tropicales o el desvanecimiento de alguna familia prominente que, por alguna u otra razón, abandonaron su joya arquitectónica. Más cerca de la playa los edificios estaban mejor cuidados, pero más lejos se veían las barriadas con sus casas de madera y techos de aluminio; paisaje habitual de un país como el nuestro, en vías de desarrollo. La autopista, el hospital Pavía y el Centro de Bellas Artes, por detrás de las casuchas de madera, prometían la llegada del progreso. Al fin llegamos a un edificio de tonalidades rosadas y azul pastel, muy bien preservado pero con rastros de aguaceros y tormentas impregnados sobre él. Edgardo se detuvo y sacó una cajita de control remoto con la cual abrió la puerta del garaje.

—Como están las cosas es mejor abrir el garaje desde aquí, no sea que venga un charlatán de la barriada y nos lleve el carro.

Entramos, agarré los bocadillos mientras Edgardo se encargaba de cerrar el garaje y encender las luces. Tomamos el elevador y subimos a su apartamento. Entramos por la sala conectada a una terraza con vista al área del Condado. Me tomó del brazo para enseñarme el resto del apartamento. La primera puerta a la derecha era un closet de pared lleno de frascos de vitaminas.

—¿Sólgar? Nunca había visto esas vitaminas.

—Son las mejores. Yo las consigo a través de mi compañero de piso que es el dueño de la empresa. La compañía está en Nueva York; es por eso que él casi nunca está aquí, siempre anda viajando.

Por primera vez mencionó un compañero de piso. La próxima puerta a la derecha era el baño color rosado. El inodoro, el lavamanos, la bañera, las losetas del piso, el botiquín, eran todos testimonio del diseño arquitectónico de los cincuenta donde las curvas y la carencia de esquinas daban una distinción de sofisticación tropical. Caminamos a mano derecha hacia una habitación con dos camas pequeñas, un escritorio sin papeles y una computadora llena de polvo.

—Este es el cuarto de mi compañero de alquiler; está en Nueva York en un viaje de negocios.

Me llevó a su dormitorio. En el medio se desplegaba una cama tamaño "King" con un sobrecama verde oscuro en algodón. Sobre ella muchos cojines de diseños tropicales, amarillos y rosados la adornaban. Plantas robustas y arreglos florales invadían toda la habitación, fotos sobre la mesa de cama, un escritorio de caoba lleno de papeles, revistas, libros, una computadora, una lámpara verde, más fotos y más plantas. En el techo, un abanico de techo con una bufanda roja de seda entretejida en las aletas daba vueltas constantemente; llenando el aire de un olor a mar salado, húmedo que provenía de los ventanales abiertos, las plantas y las flores.

Me tomó de la mano. De su habitación fuimos a la cocina, donde conversamos un poco. Él sacaba los platos para poner los bocadillos. Tomamos las bandejas. Él sugirió que fuésemos a su cuarto. Nos recostamos en su cama. Conversamos de la vida. Me contó sobre su negocio de florista y diseñador en el Caribe Hilton. Le hablé de mis estudios. Hablamos de nuestras familias, amigos, novios, política y nuestras más temibles soledades. Mientras la conversación continuaba, sus pies tocaron los míos con ternura y deseo.

—¿Quieres oír el Canon de Pachelbel?— me preguntó

—Por supuesto

Comenzaron a oírse los arpegios de Pachelbel.

Edgardo volvió. Se recostó cerca de mí. Me acarició el pelo, su mano se deslizó hacia mi nuca sosteniéndola, acercando mi rostro al de él. Sus labios se abrieron, comenzaron a jugar con los míos. Supo dónde encontrar los nervios más importantes, el modo exacto de introducir su lengua para explorar y saborear mis dientes, mis encías e intercambiar la cantidad correcta de saliva. Sus besos eran suaves, profundos, diligentes; hechos para mí. Me desvistió, besó cada esquina que desnudaba. Sus manos bajaron por mi espalda despacio. Me dejé ir sin resistencia. Sus piernas se abrieron paso entre las mías. Las separó, como se despeja el aire ante la presencia de algo bello, y las puso una sobre cada uno de sus hombros. Alineó mis nalgas con su vejiga. Entró a mi cuerpo con la potestad del mar en temporada de huracanes. Mientras tanto, me concentraba en sentir esa parte de su cuerpo expandiéndose dentro de mí, abriéndose paso entre tejidos suaves, húmedos y tibios. Sus ojos no me miraban. Los mantenía cerrados; fruncía sus cejas y balbuceaba un gemido indescifrable. ¿Lo disfrutaba o lo sufría?, me preguntaba yo. Abrió sus ojos. Se encontró con los míos. Un grito suave, tierno se le escapó de los labios y sentí como la leche de su cuerpo rebotaba dentro de mí. El siguió dando saltos; lo sorprendió un torrente de lágrimas saliendo por sus ojos dejándose caer sobre mi tapándose el rostro con la almohada. Mientras tanto, el abanico de madera con la bufanda de seda roja daba vueltas y vueltas refrescando nuestros cuerpos desnudos.

II

Después de esa noche nos vimos todos los días por una semana. Conocí a la mayoría de sus amigos. Me enamoré de él. Admiraba cada paso que daba, las carcajadas que salían de su boca, toda caricia que me daba, su cuerpo, su apartamento, sus pertenencias, el modo en que me hablaba, su trabajo, su auto; todo lo que tuviese que ver con él me fascinaba.

El sábado siguiente a la semana del romance me dijo que no iba a poder verse conmigo por una semana. Unos amigos de Nueva York venían a visitarlo con su compañero de alquiler. Entendí que Edgardo era quince años mayor que yo, al igual que sus amigos. Me pidió que no lo llamara pues necesitaba espacio.

Pasó una semana y media. No había oído de él. Lo llamé a su casa, dejé un mensaje, pasaron dos días y no contestó. Finalmente, decidí llamarlo a la floristería.

—¿Qué tal? Te llamé varias veces, pero no he oído de ti. ¿Estás bien?

—Mis amigo se quedaron por varios días más; por eso no te pude llamar. ¿Qué vas a hacer esta noche?

—Nada.

—Bueno, pues ven a casa esta noche. Te invito a cenar.

Salí de la biblioteca a la parada de autobuses. No podía evitar los retortijones en mi estómago. Ya era más de una semana sin verlo.

Después de media hora, llegó la guagua repleta de gente. No podía esperar hasta el próximo autobús, ya estaba tarde. Me bajé en la parada de la San Jorge. Llegué a su apartamento, toqué el timbre de la puerta.

Edgardo no respondió. Volví a tocar el timbre y me di cuenta de que la puerta estaba abierta. La empujé y entré. Lo llamé, pero él no respondió. Cuando me viré hacia la cocina allí picaba unos tomates. Me acerqué a abrazarlo. Me evadió y se viró hacia la estufa para echar a su guiso los vegetales picados.

—¿Qué te pasa?

—Nada.

Traté de besarlo. No me dejó.

—¿Estás molesto? Perdona la tardanza, pero el autobús se tardó muchísimo.

—Si hubieses planificado tu tiempo mejor...¿porqué no me llamaste?.

Su frialdad y su enojo me sorprendieron. Traté de conversar trivialmente, pero él se mantenía callado, cocinando como si nadie estuviese allí. De momento dijo, sin mirarme a los ojos:

— Sebastián, ¿sabes?, pienso que eres un engreído.

El comentario de Edgardo me confundió. Me mantuve en silencio por varios segundos.

—¿Por qué lo dices?

—Porque tú eres un engreído.

Salí de la cocina. No podía entender su mal humor. ¿por qué tenía que insultarme de esa manera? A los cinco minutos volví y le pregunté.

¿Por qué piensas que soy un engreído?

—Porque lo eres.

Me volví de espaldas, me dirigí hacia la puerta.

—Qué pena que pienses así.

No lo volví a ver en mucho tiempo. Seguí mi rumbo por la vida. Novios, amores, desencantos, formaron parte de esa rutina social. Año tras año entre las mismas locas y en los mismos lugares. Dos años más tarde me mudé a Nueva York. Cada vez que venía a Puerto Rico lo veía en las barras. Si no lo saludaba, él actuaba como si fuese un extraño.

III

En uno de mis viajes a Puerto Rico, fui a la playa un domingo con un grupo de amigos. Alineamos nuestras pequeñas sillas de frente al sol. Rápido me quité la camisilla, los bermudas, las sandalias y corrí hacia el agua como se corre hacia un viejo amigo al cual no se ha visto en mucho tiempo.

Era uno de esos días de playa espectaculares. El cielo azul re reflejaba en el agua azulita. Floté de espalda a la multitud de gente que se congregaban a broncearse, a bochinchear o a exponer sus bigotes bien recortados. El agua tibia arropaba mi cuerpo meciéndome de un lado a otro, me sentí tan bien, tan tranquilo. De momento, miles de agujas se enterraron en una de mis piernas. Un dolor y picazón me hizo salir del agua corriendo. Era una aguaviva. Mis amigos vinieron a ver qué me había pasado. Mi pierna comenzó a hincharse y a tornarse roja.

—Orina en tu mano. Pásate el orín por donde te pica. Coge también un poco de arena mojada y frótala sobre el área irritada. Sigue poniéndote orín por un rato eso te va a ayudar.

Me oriné en la mano y comencé a frotarme la pierna. El dolor y el picor se atenuaron. Decidí entrar a la hospedería para poder ir al baño. Abrí el portón sin mirar a ninguna de las personas en la barra.

—¡Sebastián!

Cuando miré, eran los amigos de Edgardo.
—Ahora mismito estábamos hablando de ti. No sabíamos que estabas en la isla. Sabes, esta mañana tiramos las cenizas de Edgardo a la playa. No sé si te enteraste que estuvo enfermo. Antes de ayer se nos murió. Siempre nos preguntó por ti y mira qué cosa, hoy...
El recuerdo de Edgardo, sus ojos azules, su ternura, esa belleza que me dejó disfrutar por una semana, volvió a mí. No sabía qué decirles; un nudo se me había formado en la garganta. Los miré. Lo único que pude hacer fue darles mis condolencias y disculparme. Corrí hacia el baño, entré, cerré la puerta, prensé mis labios, me bajé el traje de baño y comencé a orinar sobre el dolor que la aguaviva me había causado.

Sombrillas Rosadas

✺

Crucé por la puerta de metal para llegar a la entrada principal. Al pasar el umbral me detuve frente a una pequeña ventana. Del otro lado, un joven delgado, con aretes en la nariz, cobraba los diez dólares de entrada. Caminé por un corto pasillo. Pegados sobre la pared, como una enredadera, unos tubos largos con luces de neón azules, rosadas y blancas alumbraban el trecho a seguir. De una pared a otra se veían luminarias láser rojas. Traspasaban mis costados como el dolor que tenía en el estómago. Sentí el leve adormecimiento en mis labios que siempre llegaba después de tomar mis píldoras. Al final, dos hombres; seis pies de alto cada uno, musculosos y vestidos de camuflaje, me detuvieron, me buscaron en los bolsillos, tocaron mis piernas de arriba a abajo y, al final, buscaron dentro de mis medias. Me dejaron ir y caminé con la arrogancia que se entra a un club nocturno.

El retumbar de tambores que se escuchaban durante la travesía parecía estar coordinado con los retortijones en mi estómago. Esa noche, el ritmo se transformó en música urbana entrando por los huesos como relámpago en torrente de lluvia. Zarpazos luminosos e intermitentes me cegaron, sin permitirme dar el vistazo panorámico requerido en un lugar de aventuras nocturnas. Las luces coloridas se proyectaban en forma de líneas, transitando como si trataran de atrapar los movimientos de los bailarines de la noche; al igual que se captura un momento fotográfico. Ante aquel espectáculo, cerré mis ojos para ambientarlos a la atmósfera visual. Inmediatamente pensé en el escusado, pues, como había aprendido durante los últimos años, los baños de los clubes nocturnos eran salvavidas imprescindibles para gente como yo. Poco a poco comencé a abrir los ojos. Aquel caos de sombras y siluetas inquietas se transformó en el legendario club nocturno. Llegué a la pista de baile. Una bola grande, llena de pequeños cristales, colgando del techo; daba vueltas salpicando destellos de luz. La pista era amplia con piso de madera y paredes de metal en las cuales se adherían tablones anchos de madera sostenidos con tubos de aluminio. Mientras más me adentraba; mi piel detectaba el vapor del sudor de otros hombres retorciendo sus cuerpos al son de melodías populares; mezcladas con ritmos latinos inmiscuidos sutilmente a través del reciclaje musical que se bailaba.

Iba a encontrar unos amigos. Era la primera vez que visitaba Los Angeles. Ouch, otro retortijón. Hacia la derecha de la pista un signo de salida me dirigió a otro salón. Abriéndome paso entre la multitud, crucé; al final, pude llegar a los baños. Un poco mareado, me contemplé en el espejo. Mis labios pálidos me hicieron pensar en regresar al hotel. Me eché agua en la cara y, con un respiro profundo, volví a la tarea de gozarme la noche. Subí por unas escaleras al segundo piso. Me recosté sobre una baranda para localizar a mis amigos.

Desde una de las esquinas salió un torrente de humo; nubló toda la visibilidad. En un momento de luz los pude ver. Allí bailaban entre la masa. Me metí la mano por la vejiga y saqué un pequeño bolso donde guardaba el éxtasis y bajé, luminoso, a encontrarlos.

—Por fin los encuentro.
—Nene, esto está divino. ¿Cómo te sientes?
—Bien, ya me metí la éxtasis; ahora lo que quiero es volar, mi amor, volar...

Bailando me sumergí por la cortina colorida de humo. Pectorales tensos aparecían frente a mi con cada zarpazo de luz. La energía que flotaba sobre nosotros se adentró por mis poros; me dejé llevar.

Dando vueltas, mágicamente adormecido y feliz, me percaté de un hombre que me observaba. No sabía si la imagen era realidad o fantasía. Cerré los ojos, extendí mis brazos y moví mis caderas para sentir el cuerpo. Me tragué el ritmo de la música hasta por los poros, para cotejar todas y cada una de mis facultades sensoriales. Miré hacia el lugar donde había visto al hombre, pensando en no verlo, pero el hombre estaba allí; me seguía echando el ojo. Despacio se acercó, mientras bailaba al son de la música.

Su mirada me agarró los ojos, también su tierna sonrisa. Junto a mí, su mano me rozó sobre la piel de la cintura. Sus dedos asperos me erizaron los pelos. Mis amigos se sostenían los unos a los otros para balancear sus movimientos lentos y pesados. Se me acercaron con cautelosos pasos.

—Nos vamos, ¿te vienes o te quedas?
—Me quedo. Todavía estoy volao.
—¿Andas con los teléfonos nuestros?

—Sí.
—Si no te sientes bien, llámanos. Te recogemos en donde sea. Pero ten cuidado, ¿OK? Te vemos mañana en el hotel.

Al volver a la pista, el hombre se había ido. Decidí buscarlo. Volví al segundo nivel, di varias vueltas alrededor del balcón, miré hacia abajo y no lo encontré. De vuelta a la pista me percaté de otra sala, con una barra similar a la del salón del cual salía. Seguí avanzando; un cantazo en la cara me paró en seco. Oí risas y una voces que gritaron:

—¡Número 24!

Cuando miré hacia el frente, había tropezado con un espejo. Era mi propio reflejo. Cómico, pensé. No pude reconocer mi rostro perdido en aquel mundo subterráneo de la noche. No podía moverme. Las risas se fueron desvaneciendo, al igual que la música. Traté de rescatar mi mente perdida en una fosa sin fondo. No podía respirar. Entonces alguien me tocó por el hombro.

—¿Te sientes bien? ¿Necesitas algo de beber?—me preguntó el hombre a quien buscaba.

—¿Quieres salir a respirar aire fresco?

—No, gracias. Me siento mejor.

—¿Estás seguro? Estás pálido.

—Vamos a bailar, eso me hará sentir mejor.

Comencé a bailar. El dolor de estómago, calenturas imprevistas, confusión y mareo desaparecieron. Me reí de mí mismo. Un par de brazos me rodearon la cintura. Se me acercó al oído y me dijo:

—¿Quieres venir a mi casa?

—¿Dónde estabas?

—Sí, pero quiero estar seguro de que voy a poder tomar un taxi desde tu casa. ¿Vives lejos?
—Relativamente cerca del centro de la ciudad. No vas a tener problema alguno en llegar; y, si no, yo te llevo al hotel.

Amanecía. Una capa de neblina cubría la ciudad. Llegamos al estacionamiento. Nos montamos en su coche y al salir, nos encontramos con la avenida principal que cruzaba la ciudad. Una hilera de palmas altas, derechas, se erguía sobre el terreno angosto que dividía la autopista en dos. Todo se veía esparcido y lejano.

Con el movimiento del auto, el viento movía la neblina. De momento, una casa se abrió paso entre la espesa humedad. A medida que el sol se abría paso, las nubes se convertían en pequeñas gotas que se impregnaban sobre el carro. A la que el vapor se esfumaba, los postes de electricidad aparecían, al igual los edificios, estacionamientos, centros comerciales y automóviles. Nos mantuvimos callados. El me tocaba los muslos, los apretaba. Lo dejé que me tocara. Quería sentirlo; que me llegara al alma.

Llegamos a su casa, la cual tenía un jardín en la entrada lleno de rosas. La casa era blanca, de estilo colonial, con ventanas talladas en madera, un balcón con arcos amplios y toldos que le daban la vuelta a la fachada exterior. Entramos. Me preguntó si quería algo de beber y me dejó solo en la sala de estar. Aproveché para sacar el frasco de píldoras de mis bolsillos. Las escondí en el puño. Regresó con un vaso en su mano. Sin que se diera cuanta me llevé el puñado de medicamentos a la boca seguido de un sorbo del jugo que me trajo. Me senté en uno de los sillones. Mis ojos, fascinados, observaban los objetos de porcelana china, las esculturas, pinturas sobre las paredes, fotos y hasta una cabeza de venado colgando sobre una chimenea que no había visto leña en mucho tiempo. Comenzó a hablarme de su casa, de su difunto amante, de la soledad que lo acompañaba todos los días. Me tomó de la mano y me llevó a su habitación. Nos desnudamos, nos acariciamos y una prolífera sensación de deseo nos poseyó. En mi mente vi a este hombre lleno de vida, que en algún momento dado perdió su abastecimiento de amor en un hospital de Los Ángeles. Supe su historia, desde el primer momento en que sentí el aliento metálico de su boca, cuando pasó sus labios sobre mi nariz.

Le extendí las piernas; le besé los glúteos con diligencia absoluta. Luego sumergí mi boca en esa rosca rosada que se ocultaba entre ellos; le humedecí ese mundo que sabía, tenía historias que decirme. Le quería beber el alma con mis labios abiertos y rescatarlo de su sosiego con mi lengua; quería revivirle el cuerpo. Él se revolcaba, gemía; pedía que lo hiciera feliz. Lo viré de espaldas, coloqué sus piernas sobre mis hombros y le hice el amor que se hace una vez en la vida. Él, cómplice, sonreía. Cuando la leche se acercó a mi vejiga, intenté retirarme. Él no me dejó. Me agarró las caderas con fuerza y no pude contener ese líquido blanco y viscoso, como la neblina que cubría la ciudad por las mañanas. Lo miré a los ojos con terror. Él me abrazó con una ternura abrumadora. Apreté su cuerpo contra el mío; ese cuerpo que desde el primer instante en que lo ví me pareció tan frágil, tan sediento de calor. Una tranquilidad me fue cerrando los ojos, mientras sentía el ritmo del aire que salía y entraba de sus pulmones, hipnotizándome hasta llevarme a un sueño bien profundo. En la tarde me desperté con una taza de café. Me dijo que lo siguiera para mostrarme una pieza de arte la cual significaba mucho para él. Era un cuadro de una playa, con cientos de sombrillas rosadas enterradas en la arena. Debajo de éste había una lista de nombres que, me explicó, coincidía con el número de sombrillas abiertas.

—¿Dónde conseguiste ese cuadro?

—Lo compré en una subasta de arte en Fire Island, hace un año atrás. Yo iba a la isla todos los veranos, durante quince años. Eran los años de oro. Bailábamos en la playa, gozándonos el sol, el mar, los hombres bronceados paseándose todos hermosos sin miedo a disfrutar la vida. Era el único lugar en donde podíamos crear nuestra familia. Después que mi compañero murió, pasaron tres años que no quise volver. El año pasado fui para apoyar un evento para recaudar fondos organizado por mi mejor amigo en Nueva York. No fue fácil reencontrarme con el recuerdo de la vida y la muerte de mi amante. En el evento se llevó a cabo una subasta de cuadros. Decidí ir a ver que me podía traer. De entre todos los cuadros, éste me llamó la atención. Su delicadeza, su suave expresión emotiva de líneas representando la playa, de algún modo, comenzó a calmar mis nostalgias. Me acerqué al cuadro. El detalle de las sombrillas rosadas, puestas una al lado de la otra me hizo admirarlo aún más. Bajo la imagen, una lista de nombres correspondía a cada sombrilla y, al fijarme cuidadosamente, me di cuenta que la mayoría de los nombres escritos eran los amigos con quienes compartí cada verano durante esos quince años. Entre ellos encontré el nombre de mi querido Alfredo. Era la representación de un cementerio en la playa. ¿Sabes? Me gustaría estar con ellos para poder también tener una sombrilla rosada dibujada sobre un papel enmarcado, colgando de alguna pared; y, no tener que seguir deambulando para llenar el vacío de su ausencia.

Me quedé sin palabras. Lo abracé fuertemente. Era hora de irme. Él se ofreció a llevarme pero decidí caminar. Necesitaba respirar un poco de aire fresco. A esa hora de la tarde, ya había taxis en la soleada calle. Mientras caminaba una punzada de dolor me traspasó el pecho. Pensé en la historia de las sombrillas; traté de verme en el placer de esos hombres en la playa bailando, sintiendo la sal compenetrarse conmigo, sin miedos y con los deseos libres por el aire. Cuánto hubiese deseado haber nacido antes. Pero a uno le toca lo que le toca. Miré el reloj: ya era hora de cenar, de llegar al hotel, de encontrar a mis amigos y prepararme nuevamente para el dolor de estómago de todas las noches.

Rompecabezas

※

De primera instancia se me partió el corazón al verlo tan ido. Sin embargo, al mismo tiempo, un sentimiento de tranquilidad me hizo pensar que Augusto estaba bien. Su sonrisa, la paz que reflejaba su rostro me lo confirmó. Augusto se veía feliz, al menos por el momento.

Era hora de irme. Me acerqué, tomé sus manos, las agarré y me las puse sobre el pecho. Luego, observándolas, las besé. Donde quiera que estuviese sabía que iba a recibir ese beso con alegría. Me miró con atención desde lejos. Sus labios comenzaron a expandirse. Sabía que esa era la sonrisa que desplegaba por el aire cuando, según él, se conectaba con el universo.

Solté sus manos. Se deslizaron sobre su pecho. Sus ojos se cerraron, pero sus párpados temblaban. Sus brazos comenzaron a extenderse horizontalmente. Empezó a ondearlos creando una silueta, dibujando en el aire el símbolo del infinito. Antes de irme, miré alrededor a ver qué podría necesitar. El cuarto era tan sencillo como aquel momento: una cama, una mesa y, en el medio de ésta, flores frescas.

No me pareció que iba necesitar nada urgente. Salí del cuarto, cerré la puerta y comencé a caminar por un amplio corredor. Había varias camillas recostadas contra las paredes, unas vacías, otras con pacientes. Caminé lentamente, como si estuviese saliendo de un sueño de esos, donde hay una luz brillante al final del pasillo. Necesitaba ver al médico que había ingresado a Augusto. Llegué al despacho de las enfermeras. Mi presencia era invisible. Ellas, en sus uniformes blancos, corrían de un lado a otro, conectando pacientes a máquinas, sacando sangre, escribiendo sobre expedientes y tomando temperaturas. Se detuvieron ante la llegada de un hombre alto con un estetoscopio colgándole del cuello. Entró a el despacho pidiendo el expediente de Augusto.

—Con su permiso, yo soy el amigo del señor Tosado. Mi nombre es Esteban Del Toro.

Le había hablado a la pared. El médico continuó observando el expediente que una de las enfermeras le acababa de poner en las manos.

—¿Usted fue quien lo trajo?—preguntó.

—¿Cuál es su nombre, doctor?

—Soy el doctor Sánchez.

—¿Qué cree usted? ¿Qué le digo a la familia? ¿Va estar bien? ¿Volverá en sí? ¿Lo van a internar?—le pregunté.

—Tengo que hacerle varios exámenes para poder llegar a un diagnóstico. En la mayoría de estos casos los pacientes salen de ese estado de parálisis mental en 24 horas. En otros casos toma más tiempo. En muy raros casos, los pacientes nunca vuelven en sí. Recomiendo esperar antes de informarle a sus familiares. Una vez los medicamentos comiencen a hacer efecto puede despertar en cualquier momento.

—Gracias por su ayuda doctor. Iré a la casa de Augusto a empacar varias de sus cosas.
—Aquí está mi número de teléfono. Llámeme esta tarde. Si no estoy disponible, pregunte por el médico de turno. Él le dejará saber cómo sigue el señor Tosado.
—Gracias por todo.
—No hay problema. No se preocupe. Estoy seguro de que mañana va a estar mejor. ¿Usted se siente bien?
— Sí.

Era domingo en la mañana. El sol brillante me cegó al salir del hospital. Saqué las gafas de sol. Sólo así podía ver. Aunque extenuado, mi mente no paraba su flujo de conciencia obsesiva. Traté de concentrarme para encontrar el carro: un Rav 4 Toyota verde oscuro, con una bandera de Puerto Rico guindando del retrovisor. No me acordaba dónde lo dejé estacionado, así que caminé por cada hilera de autos hasta encontrarlo. Fila G, cuarto carro, allí estaba. Abrí la puerta, entré y noté que el asiento parecía estar fuera de sitio, pero nada que me impidiese manejar. Prendí la ignición, acomodé el retrovisor, que por alguna razón estaba torcido, di reversa, y salí del estacionamiento. Tenía un dolor de cabeza insoportable. El sol se reflejó en el cristal, miles de destellos y líneas me impidieron ver con claridad.

Luz roja, pie en el freno y mi mente brincando. Lo único visible en mi mente eran las imágenes de la noche anterior. Bailábamos en el club, pasándola de maravilla. Vagamente me acordaba de cómo y cuándo Augusto se fue en uno de sus trances místicos; cómo habíamos llegado al hospital.

El hospital quedaba cerca de la casa de Augusto. Puse el radio. KQ ciento cinco, Tiendas Donato, el que vende barato, da la hora... las once de la mañana. No podía creer que fuesen las once de la mañana.

Sabía que una vez en la avenida, tenía que pasar dos intersecciones, luego virar una vez a la derecha, dos a la izquierda, tres edificios y entonces el de Augusto. Las luces en cada una de las intersecciones se veían borrosas. Conducía a paso lento.

Saqué las llaves del apartamento y abrí la puerta trasera del edificio. Agarrándome de las barandas, subí tres pisos y salí hacia el pasillo. Caminé lentamente como me lo permitía el cuerpo. Conté los apartamentos y llegué al número cinco. Introduje la llave por la cerradura y se estancó: ni para un lado, ni para el otro. Seguí moviendo la llave hasta que la puerta se abrió desde adentro y una persona extraña se asomó.

—¿Qué hace usted en el apartamento de Augusto? ¿Sabe que está invadiendo propiedad privada?

Una señora en sus cuarenta, con la cabeza llena de rolos y una bata de estampados de flores, me respondió:

—Ésta no es la casa de su amigo Augusto. Se equivocó de apartamento.

—Pero este es el apartamento número cinco.

—No señor, este es el dos.

—Oh, lo siento señora, de verdad que lo siento. Perdone el inconveniente...

—No se apure, el apartamento 5 es el que está al otro lado— me contestó la señora con una mirada extrañísima.

Avergonzado me disculpé y enfilé pasos hacia el apartamento correcto. Desde su puerta la señora me preguntó:

—Señor, ¿usted está bien?

—Sí, no se preocupe. Es que estoy un poco cansado. Mi amigo tuvo un pequeño accidente y vine a recogerle unas cuantas cosas para el hospital.

—Ave María Purísima, ¿pero el señor Augusto está bien?

—No se preocupe, él está bien.

Llegué frente a la puerta. Todo me daba vueltas. Torné la llave hacia la izquierda, empujé y un olor a incienso me sacudió las narices. Noté que el apartamento estaba lleno de relicarios, velas, altares, imágenes de cristos, de budas y libros, y más libros sobre espiritualidad, budismo, extraterrestres, cristianismo y judaísmo. Los únicos muebles en el apartamento eran su sofá cama azul tapizado con un material grueso de plástico, sobre el cual descansaban dos cojines manchados de café con la tela descolorida. Un televisor lleno de polvo contra la pared, opuesta a la única ventana en la sala, pillaba una de las esquinas de una alfombra verde de área que no había sido limpiada en varios meses. Estornudé. En la segunda subida de cabeza me fijé que detrás del televisor colgaba un crucifijo inmenso, casi de tamaño natural. De la sala partí hacia su habitación, en la cual había un colchón tirado en el piso, un gavetero apolillado y un radio despertador. Sobre la mesa de noche descansaban varias botellas de aceites, tres velones blancos, incienso y dos o tres libros de oraciones. De las paredes colgaban cuadros pintados por Augusto. Sus imágenes parecían derretirse sobre el canvas trazando paisajes, formas y figuras tan desorganizadas como mi mente. Me dirigí hacia el armario. Saqué una valija. Abrí el gavetero, empaqué dos o tres calzoncillos, un par de pijamas y varias medias. Del baño saqué su cepillo de dientes, jabón, champú, pasta, una toalla y desodorante. De una vez decidí darme un baño. Me desnudé, abrí el grifo y esperé un rato. El vapor subía cuando el agua chocaba con la bañera fría. Con la punta de los dedos rocé el agua. Poco a poco me metí debajo del chorro. Me mojé la cabeza. Sentí como si me hubiesen devuelto la humanidad que había perdido esa noche. Un vapor tibio hizo que la confusión y el ánimo soñoliento se disiparan. Cerré mis ojos e incliné mi cabeza hacia abajo para sentir la presión del agua rebotar contra mi cuello. Despacio abrí mis ojos, al mirar el agua correr observé que estaba roja. En ese instante sentí un ardor en la cabeza. Me toqué, tenía una leve herida medio abierta que el agua limpiaba.

Como una película, recordé que dábamos giros en el centro de un vórtice de luz. Líneas movedizas nos daban la vuelta. Bocinas, gritos y pedazos de cristales incrustándose dentro de nuestras pieles hicieron brincar gotas de sangre a los asientos. Vi mi cuello virándose, mi brazo extendiéndose sobre el pecho de Augusto para que su frente no rebotara sobre el cristal astillado. Salí de la ducha aturdido, me miré en el espejo y pude ver la herida en mi frente. Mientras me secaba, noté moretones y raspaduras que sangraban. Sabía que habíamos tenido un accidente, pero no podía recordarme cuándo y cómo exactamente. Por eso fuimos al hospital. Corrí hacia el teléfono, para llamar mi

contestador automático. Quería ver si nuestros amigos dejaron algún mensaje que me ayudara a recordar.
Beeeep.
—Mira Esteban, es Tato. Nada, quería ver cómo estaban y si Augusto salió del K hole. Llámame...
Beeeep.
—Mujer, es Manolo... ¿Dónde están? Me tienen preocupado, no me han llamado. Están en los saunas, lo sé todo. Llámame que me quedé consternado por Augusto. Hace tiempo que sus viajes transcendentales no me hacen sentido. Con drogas o sin drogas ya van varias veces que se nos ha ido en blanco. Nada, llámame para saber que están bien. OK, goood byyye...
Beeeep.
—Esta llamada es para el señor Esteban Del Toro. Favor de comunicarse con el señor Rodríguez para discutir sobre el accidente de anoche. Es importante que hablemos para procesar el aspecto legal de su compensación. Espero que esté mejor y que su amigo se pueda recuperar pronto. Por favor llámeme lo antes posible, mi teléfono es el 897-0876. Nuestras horas de oficina son de lunes a viernes, de nueve de la mañana a cinco de la tarde...

Llamé a Tato y a Manolo, pero ninguno contestó el teléfono. No me quedaba más remedio que llamar al señor Rodríguez y ver qué había sucedido la noche anterior. Marqué el número: la oficina estaba cerrada.

La curiosidad me mataba. Decidí ir al hospital a preguntarle a las enfermeras. Me puse una camiseta de Augusto y los mismos mahones manchados de sangre.

Tomé la valija y me dirigí hacia el elevador. Para sorpresa mía, allí parado, con torceduras y cristales rotos, el auto me confirmó la memoria entrecortada de la noche anterior. Por más que trataba no podía poner todas las piezas juntas. Mi mente, fragmentada en episodios, me saboteaba el fluir de la conciencia. Podía recordar del club, lo bien que nos sentíamos bailando juntos, sudando juntos, tocándonos, besándonos, flotando, y de Augusto; cuando de momento alzó sus manos y comenzó a gritar estamos sanando el mundo. También de Manolo, Tato y yo tratando de calmarlo cuando comenzó a convulsionar, a hablar en lenguas. Lo sacamos del club, lo montamos en mi carro y después, en blanco; no más recuerdos hasta que me encontré frente a Augusto en una cama hablando en lenguas; y un médico diciéndome que había que esperar. Luego aquella sangre seca en mi cabeza, el llamado a mis amigos, y el señor Rodríguez.

Lo único que sabía con certeza era cómo llegar al hospital: dos virajes a la derecha, un viraje a la izquierda y salir a la avenida hasta ver el letrero alumbrado, San Martín. Corrí hacia el mostrador y pregunté por el señor Augusto Tosado. La recepcionista me informó que se encontraba en el tercer piso. En el despacho de enfermeras pregunté nuevamente. Ellas se acordaron de mí:

—¿Cómo se siente, señor Del Toro? No se olvide que tiene que dejarse ver por un médico.

Usé esa oportunidad para preguntarle cómo había sido el accidente.

—Ay, mi'jo, llegaron aquí como a eso de las cinco de la mañana. Usted tenía golpes en la cabeza,

sangraba mucho. Su amigo, aunque no tenía heridas mayores, deliraba, hablando sin sentido, un poco esquizofrénico.
—Sí, ¿pero qué paso? ¿Cómo fue el accidente?
—No sé, señor Del Toro. Ustedes llegaron aquí solos. Tendría que revisar su expediente y el suyo lo tiene el Doctor Sánchez.
—¿Cómo puedo encontrar al doctor Sánchez?
—Bueno, él está dando ronda en el piso siete. Espérelo en el cuarto del señor Tosado. Una vez que llegue, yo le dejaré saber que usted necesita hablar con él.

Augusto dormía tranquilo. Lo observé: tenía moretones. Me senté en la silla junto a la cama a esperar por el doctor Sánchez, o a que Augusto se despertara. Incliné mi asiento hacia él recostando la cabeza sobre la cama. Mis ojos se sentían pesados. Poco a poco me fui yendo lejos. Una mano me dio dos palmadas en el hombro:
—Señor Del Toro, señor Del Toro. Soy el doctor Sánchez.

Cuando levanté la cabeza, Augusto estaba con sus brazos extendidos, cantando versos irreconocibles. Lo observé como si estuviese al otro lado de una verja jugando a su juego favorito. Quería decirle que me dejara jugar con él, que me enseñara sus trucos, que me dijera los secretos de llegada a esos otros mundos por los cuales él andaba. Pero la mano pesada del Doctor Sánchez me rescató del deseo de volar con Augusto. El médico hizo una señal con la mano para que lo siguiese. Una vez que salimos, yo inmediatamente le pregunté qué había sucedido.

—Su amigo parece estar pasando por algún tipo de trauma o pérdida de razón. No sabemos si es temporal o por cuánto tiempo seguirá así. Tenemos que observarlo por veinti-cuatro horas. Este tipo de pérdida de razón o paranoia esquizofrénica, en la mayoría de las veces, se debe a una depresión de mucho tiempo, causada por la soledad, el uso excesivo de drogas recreacionales o por razones genéticas. Si quiere, usted puede irse y comunicarse con los familiares del señor Tosado. Lo más probable es que él necesite algún pijama, cepillo de dientes, ropa interior...
—Sí, pero, ¿qué sucedió?, ¿cómo fue el accidente?—pregunté.
—Tengo que ir a buscar su expediente a mi oficina. Vaya donde la enfermera y pídale que le limpie las heridas de la frente. Después espere por mí en la habitación del señor Tosado.

Todavía soñoliento, regresé a la habitación de Augusto. Volaba con sus imaginarias alas. Una paz suave y tibia me calmó la ansiedad. La armonía de su rostro me hizo apreciar la realidad que no podía evadir más: mi amigo de tantos años había decidido caminar su camino; allí estaba, feliz, en su esquinita de la vida. Y yo, en mi lado de la verja, dejándolo ir bajo sus propios términos. Me senté junto a su cama, recosté mi cabeza sobre sus muslos y le acaricié sus piernas, rozando mis dedos entre los vellos que le cubrían la piel. Al vaivén de mis caricias me volví a dormir, escuchando los cantos celestiales de su boca.

Incesante

❈

Para mi amigo Luis...

Eran las diez de la mañana. Desayunaba. Miguel trataba de explicarme la tonada de la canción que había oído en la discoteca. Me trajo un disco compacto vacío, en caso de que yo tuviera la canción. Eché de lado los platos y los frascos de medicamentos sobre la mesa para prestarle atención a su historia. Se quedaba callado, pensando; luego, comenzaba a cantar la melodía. La tarareaba, la bailaba. A mí no me era familiar. Sus ojos, que por lo general estaban caídos, se encendían cada vez que mencionaba la tonada al describirla.
—Oye, Antonio, que me elevó a un tipo de viaje místico... a un lugar en el que nunca había estado.
Sus brazos musculosos se movían, explicando simultáneos con su boca. Todo su cuerpo parecía moverse como si estuviese bailando. Su piel emanaba un sudor que lo hacía resplandecer cuando se topaba con los rayitos de sol que entraban por mi ventana. Fascinante era ver toda la pasión saliendo por los poros cuando quería que entendiera lo que a él lo abrumaba de la melodía. Pero el sonido hay que vivirlo en carne

propia para entenderlo. Y mis oídos permanecían sordos a toda aquella excitación.

Después de escuchar la canción fui a la cabina del dj y le pregunté por el título. Me dijo que se llamaba "Skin".

—Antonio, me encanta, tengo que buscarla.
—¿No la tienes?
—No creo.
—Cuando salga de aquí voy a la disquera a ver si la encuentro, y te la traigo para que la escuches.

Me contó cómo llegó a la tienda de música. Comenzó a buscar la canción en el catálogo. Había más de cien títulos con la palabra *skin*. Miguel llamó a uno de los empleados de la tienda y le tarareó la tonada. El joven movió su cabeza dándole a entender que no la reconocía. Su puño golpeó el mostrador, haciendo que varios de los CD's en el estante se cayeran al suelo. Sus ojos comenzaron a correr por los anaqueles, como si el poder telepático de su frustración lo fuera a llevar hasta su melodía no encontrada.

Miguel salió de la tienda frustrado. El destello del sol le hizo refugiar sus ojos tras un par de lentes oscuros. La intensidad de Miguel, en aquel momento, no era capaz de resistir el sol neoyorquino reflejándose en pedazos por las paredes, las esquinas vacías de los edificios y los rostros de los caminantes que, a diferencia de Miguel, recibían el sol con sus ojos a la intemperie. Caminó varias cuadras, con su andar acelerado y de brinquitos. Se tropezó con un mercado de pulgas en la calle Greenwich. La calle estaba adornada con guirnaldas de colores, que colgaban de los postes de luz como si fuesen piñatas. Miguel se abrió paso entre la multitud tarareando su canción. La gente se detenía a comprar sacos de cuero, joyas de fantasía, camisetas, relojes, y cuando el hambre les apretaba escogían entre docenas de puestos que vendían comidas variadas. Un olor combinado a arroz y habichuelas, arroz chino, pinchos, perros calientes, hamburguesas y prestlers perfumaba aquel pequeño laberinto de fiesta. Un susurro lo detuvo. Escuchó una tonada. Por un momento pensó que era él mismo; sumergido en su propio tarareo. Pero aquella tonada persistía desde afuera persiguiendo su oído. El ritmo familiar lo llevó a un puesto que vendía grabaciones de música pirata.

—¿Cuál es el título de esa canción?—preguntó Miguel.
—¿Cuál? ¿La que está sonando?
—Sí—respondió Miguel.
—Relentless. A diez dólares el *tape*.

Miguel le arrancó la cajita de las manos, sacó un billete de diez dólares y luego, corrió hacia un teléfono.

—Diga...
—¡Antonio la encontré!—salió la voz de Miguel por el auricular
—¿Que encontraste qué?
—La canción, la encontré, la encontré. Te la traigo ahora para que la escuches.

Diez minutos más tarde, Miguel oprimía los botones de mi casetera. Sus labios se estrechaban de oreja a oreja, y con sus ojos desbocados; buscaba en el aparato la tecla del *play*.

—Antonio, tienes que oír esta canción completita... Me revuelca tantas cosas por dentro. Tienes que escucharla para que entiendas de lo que te hablo. Te la dejo y la vengo a buscar luego.

Oprimí el botón de play y con cigarrillo en mano puse toda mi atención en la canción. Lo primero que escuché fue un grito de subida en tono agudo, seguido por el sonido vibrante de un platillo que se interceptó con toques de tambores en un mismo nivel. Luego de unos cuantos minutos se introdujeron, mezclándose con un compás de tres notas a un mismo arpegio, un conjunto de escalas. A estas les siguió suavemente un ritmo de fondo, que progresivamente iba subiendo de tono sostenido a sostenido. Luego bajando a mitad en bemoles. Con esa elevación de tonos medios, llevaba poco a poco con la misma combinación de toques rítmicos a la cumbre temática de la tonada agobiante. Una vez en ese punto, el mismo se repitió y se repitió entre gritos de diva que aparecían sorpresivamente de cuando en cuando. Desgarradoramente, la canción me iba cautivando, llevándome a un desespero devastador pero a la misma vez seductor y caótico. Sin darme cuenta ya estaba en los lugares más oscuros del alma; con el pecho escudriñado. Era un lugar sin salida, en el cual tenía que seguir sin rumbo alguno; persiguiendo el ritmo. Cuando la música se terminó, una desgarre en el corazón me dejó sin suspiro. Era increíble sentir cómo una música para bailar podía doler tanto. Llamé a Miguel y le conté, le hablé de esa pena que se me encaracoló desde adentro. Que no podía entender.

—Yo no se cómo explicarlo, pero una vez que la escuchemos y bailemos juntos lo vamos a entender.

—Trato.

Una semana después nos preparábamos para ir a Montreal, al legendario Black and Blue. El viernes era la fiesta de cuero, el sábado la militar y el domingo la última fiesta principal: el Black and Blue. Miguel

decidió que en ese viaje íbamos a descifrar Relentless. Durante toda la semana anterior a irnos nos llamábamos. Entre una y otra conversación Miguel comentaba:
—Me muero por escuchar a Víctor Calderón tocar *Relentless*. Nene, ¿te imaginas? Vamos a llegar al nirvana cuando escuchemos la canción.
Llegamos a Montreal. Cientos de hombres caminaban de arriba hacia abajo por toda la ciudad; unos tratando de conseguir boletos, otros tan sólo andando como en pasarela; saludándose los unos a los otros, besándose en las mejillas, cuchicheando, comprando ropa para completar sus outfits, tomándose de las manos; y, buscando amigos conocidos o por conocer. Como a eso de las diez de la noche nos preparábamos para ir a la primera fiesta. Miguel sacaba sus pantalones de cuero de la maleta mientras yo limpiaba mis botas, mi sombrero y mi arnés.
—Miguel, ayúdame a ponerme esto. ¿Cómo me queda?
—Ven acá, déjame ajustártelo más.
—Y la gorra... ¿Cómo se ve?
—Bien bótate. ¿Cómo se me ven estos pantalones?
—Bien, bótate también. Tú tienes los boletos y yo las drogas. ¿Estamos?
—Sí, vámonos.
Salimos de nuestro dormitorio encuerados de la cabeza a los pies. Tomamos el elevador, llegamos al vestíbulo del hotel y las puertas del elevador se abrieron despacio, igual que se abren las cortinas de un teatro. Los otros turistas miraron nuestra indumentaria. Nos reímos y salimos a la calle, tomamos un taxi y nos fuimos hacia el Club Vortex. En el taxi, Miguel no paraba de

hablar. Que si qué rico se siente el cuero, que si quién es el dj, que si los machos que van a estar en la fiesta, que si me veo bien, que si arréglame la gorra, que si Relentless, que si Relentless. Callado, con los ojos gozaba las calles de Montreal, las catedrales que pasábamos, la pasarela de maricones cruzando de una calle a otra; también encuerados. Deseaba que esa noche escucháramos la canción juntos para poder cumplir con el mandato del viaje de entrada. No sé porqué la espera por Relentless me incomodaba.

Cuando entramos al club notamos, por encima de las centenares de cabezas bailando, un arco gigantesco sobre el escenario que se encontraba al final del edificio. Sobre el ensamblaje teatral había unas cortinas largas negras y celdas con tipos sodomizándose; los unos a los otros; con sus brazos, dildos y pingas. Se oía uno que otro grito, después del sonido que se produce cuando un látigo cae sobre piel. Vimos una que otra escena sadomasoquista con hombres enmascarados, con sus puños llenos de manteca deslizándose dentro de un cuerpo ajeno; ninguno se quejaba de dolor. Los cuerpos brillaban con el sudor, el glitter y la manteca que se derretía por sus músculos. A mí todo el montaje me pareció a un episodio de Tarzán pero en el país de las maravillas.

Llegamos a la barra, pedimos dos cervezas; sacamos de nuestros bolsillos las pastillas de éxtasis; y, nos las tomamos después del silencio que se produce una vez se ha dicho salud. Listos para el cuero nos adentramos al regocijo del baile. En camino a la pista, saludamos amistades hasta que llegamos a una esquina cerca del escenario donde trataban de bailar los machos más musculosos de la noche. Nos entregamos al ritual de la fiesta persignándonos como dos buenos niños católicos listos para pecar.

Cada vez que sonaba una tonada repetitiva, agobiante, Miguel y yo nos mirábamos anticipando la partida hacia el nirvana. Pero pasó la noche, el efecto de las drogas, y no escuchamos Relentless.

A las seis de la mañana salimos del club, ojerosos, andando lentamente. Miguel y yo llevábamos gafas oscuras ocultando el par de pupilas dilatadas que teníamos. Por suerte las calles estaban vacías, silenciosas. Un camión de la basura se acercó con tres hombres vestidos de uniformes verdes, colgando de ambos lados del camión. Saltando hacia la calle, recogían los botes de basura. Esos hombres, que a esa hora de la mañana se veían tan apetecibles, nos miraban igualito que miraban los botes llenos de desperdicios: con desprecio, o peor aún, repugnancia.

Decidimos andar hacia el hotel. Una que otra esquina nos sorprendía con un rayito de sol que se colaba por entre los edificios y nos calentaba. Era el comienzo del otoño. Después de tanto sudor, nuestra piel andaba como carne de gallina: llena de poros erectos cada vez que una brisa se nos presentaba de frente.

Finalmente llegamos. Todo se movía en cámara lenta. Parecíamos momias enrolladas en cuero. Quitarnos los atuendos fue lo más difícil. Yo no me podía zafar de las botas: mis pies estaban hinchados de tanto bailar. A Miguel los pantalones se le habían adherido a la piel. Tambaleándonos, de un lado a otro, logramos desnudarnos. Nos hicimos dos batidos de proteína, nos metimos a la ducha juntos. Traíamos las mentes tan resbalosas como el jabón que no podíamos alcanzar.

Pero, poco a poco, logramos sacarnos la mugre de sudor ajeno que habíamos recogido toda la noche. Después de ducharnos, yo me recosté en el caucho; y, Miguel se acostó en la cama; ambos desnudos y extenuados. Yo miraba al techo, todavía escuchaba el bum, bum de la música retumbándome en los oídos. Aún así mis ojos comenzaron a cerrarse lentamente, hasta que una oscuridad completa me tomó por sorpresa. La música desapareció; acompañándome tan sólo el sonido de mi respiración.

El sábado dormimos toda la mañana; y, en la tarde, nos fuimos a comer a la calle San Catherine. Después del almuerzo volvimos al hotel a tomar una siesta. Había que recuperar energías. Ese día era la fiesta militar. A las nueve y media de la noche, Miguel me despertó para que me comenzara a preparar. Se había vestido con sus pantalones de camuflaje y se tomaba su batido de proteína. Pero yo todavía me sentía un poco desorientado. Así que Miguel no quiso esperarme y se fue. Me levanté tres horas más tarde, caminé hacia la ducha, abrí la llave del agua, esperé un rato hasta que el baño se llenó de vapor; la imagen de mi cuerpo en el espejo fue desapareciendo poco a poco. El silencio me asfixiaba. Fui hasta el estéreo que habíamos traído y puse el casete de Relentless. Volví a entrar en la ducha. Las bocinas del estéreo invadieron el cuarto con la tonada. Mi corazón, que había estado palpitando lentamente, se aceleró al ritmo de la música. Pensé en Miguel.

La fiesta militar se lleno a capacidad y no pude entrar. Decidí irme al afterhour party. Sabía que en algún momento me toparía con Miguel. Efectivamente después de varias horas me lo encontré. Cuando me

vio, me abrazó; como si no nos hubiésemos visto en años.
—Antonio, te estuve buscando. Grité y grité mientras bailaba para ver si me escuchabas pero jamás te encontré
—Pusieron nuestra canción, chico; te la perdiste.
Salimos del afterhour, el sol. Miguel, con sus manos frías, me agarraba las mías, las apretaba, las soltaba, las tomaba otra vez.

Una vez llegamos, procedimos a hacer lo mismo del día anterior: tomar una ducha, beber batidos y dormir todo el día hasta que ya fuese hora de prepararse para la última fiesta. La grande, la del Black and Blue.

A las diez de la noche no hubo que apagar el despertador. Miguel se estaba bañando. Puso el tape con la canción para que yo me despertara. Comenzamos a prepararnos. Que si las drogas, que si los medicamentos, que si el outfit, que si el dj, que si íbamos a bailar Relentless, esta vez, juntos.

Tuve que hacer cola. Miguel con su VIP pass entró primero sin esperarme. Caminé hacia la entrada, recogí mis boletos. Cuando llegué a la puerta me quedé mudo ante la grandeza de aquel evento. Seguí mi rumbo hacia el centro del edificio en donde se encontraba la gigantesca pista de baile. El lugar era inmenso. Miles de personas bailando, sudando, dejándose ir con la música, las luces y las drogas. La energía fluía abrumadora y seductora. En camino a la pista había un área llena de arena; con columpios, sogas; y, una especie de laberinto con salones a los lados, llenos de globos. Me encontraba con gente que conocía; todos me decían que habían visto a Miguel. Les dije que si lo veían le avisaran que iba a estar bailando cerca de la salida que daba al salón de los globos. Cuando llegué a la esquina, unos amigos me comentaron que hacia unos minutos Miguel se había ido. Me tomé las drogas y comencé a bailar.

A pesar de que había decidido no preocuparme más por Miguel, fui al baño a ver si lo veía. Caminé alrededor de la pista, me metí dentro de esa selva de cuerpos; no lo pude encontrar. Dado por vencido, volví a la esquina cerca de los globos y me resigné a la idea de no verlo durante el resto de la fiesta.

Luego de unas cuantas horas de baile, muchos pases de Ketamina y dos éxtasis; flotaba con una euforia traspasándome los huesos; trastocándome la piel. De vez en cuando cerraba mis ojos, imaginaba que me transportaba a la nada. También pensaba en Miguel, lo veía frente a mí; bailando, gozando. Unos labios se tropezaron con los míos. Eran los labios de Miguel. En el preciso momento en que lo toqué, en el preciso momento en que me di cuenta de que me había encontrado: una tonada se nos acercó a los oídos. Era Relentless. Nos miramos. Sin tener que decir nada, comenzamos a dejar que la música nos entrara al cuerpo. En cuestión de segundos los dos volábamos con la piel erizada. Sin misericordia alguna nos retorcíamos el uno contra el otro, compartiendo la piel pero también un dolor inexplicable que nos hacia gritar, brincar, mover nuestras caderas y agitar nuestros cuerpos hasta más no poder. Con los ojos cerrados nos dejamos poseer por la canción. De momento los abrí y vi a Miguel mirándome como niño en pena. Me acerqué a él y me dijo:

—Esta canción toca un lugar que duele, Antonio. Me duele, me duele, me duele tanto...
Una semana después de haber llegado de Montreal, Miguel me visitó con un pequeño regalo y una tarjeta. Cuando la abrí, encontré un disco compacto con la canción Relentless. La tarjeta leía:

Antonio, la pasé super bien contigo en el Black and Blue. Gracias por todas las veces que me recordaste lo mucho que me quieres. Yo también te quiero mucho. Te doy esta copia de Relentless. Tócala cuando quieras pensar en mí.

Miguel se fue en silencio. La puerta se cerró y abrí la cajita del disco compacto. Lo puse en el estéreo; pero, antes de encenderlo, me acordé que tenía que beberme los medicamentos. Fui a la cocina, abrí la gaveta en donde los guardaba, saqué un platito y comencé a seleccionar las pastillas que me tocaba tomar. Miré los frascos y pensé: la tarea del nunca acabar.

Volví a la sala, encendí el estéreo, cerré los ojos y comencé a escuchar Relentless. El ritmo comenzó despacio, casi como música de fondo. Entonces, poco a poco, como si fuese una tortura, siguió acelerándose hasta transportarme al lugar del desquicie; a ese ritmo que fatiga. Cada golpe de notas era el de una fuerza desconocida, pero a la vez familiar; que retumbaba contra el pecho sin parar, sin compasión, sin misericordia. Entonces empecé el viaje al lugar de la pena del que siempre quise escapar; pero que a la larga, me alcanzaba. Allí con la alegría, la nostalgia, la melancolía, la pérdida, la rabia, el enojo, el regocijo, la armonía, el caos y el miedo; bailé. Las sentí todas: al mismo tiempo; constante como una sentencia sin fin. Se acabó la canción. Llegó el silencio. Miré las pastillas sobre el platito de porcelana y caminé hacia el estéreo para guardar el disco compacto que Miguel me había traído.

Nubes

✻

Son las once de la noche. Observo mi brazo que se levanta lentamente con un cigarrillo entre los dedos y se acerca a mi boca. Me llenó los pulmones de humo en esa bocanada.
Abro la boca. Sin forzarlo; sale. La luz tenue me permite verlo amorfo mientras se diluye por el aire; creando líneas suaves, blancas, que flotan como nubes y desaparecen como si nunca hubiesen estado allí. El olor es la única prueba de su frágil existencia; en las sábanas amarillentas que cubren un colchón sobre un cajón de madera en este pequeño cuarto.
La botella de agua me llama. Pongo el cigarrillo en el cenicero y refresco mis amígdalas: todavía calientes por el cigarrillo. Agua es lo único que he digerido desde que llegué a este lugar. No quería llenar los intestinos - que siempre estaban al servicio de los hombres- de alimentos que arruinarían el gozo de mi cuerpo con el olor perturbador de la mierda. Agua, sí, fue lo que entró por esa otra boca temprano en la noche después de una cena ligera.
Esta noche es de ritos. El fin del milenio. Es el fin de siglo que abrirá las puertas al futuro, que nos traerá avances tecnológicos inimaginables. La

globalización, la comunicación inmediata de un lado del mundo al otro con tan sólo tocar una tecla; la de pequeños artefactos pegados a las orejas en los tapones de carros más feroces, en los teatros y coliseos para poder encontrarse los unos a los otros.

—Sí, ¿llegaste? Estoy en la última fila para recoger los boletos. Estoy vestido con una camisa azul clara debajo del letrero de la ventanilla ven y encuéntrame aquí.

—Vale, yo estoy pasando ahora por la penúltima ventanilla. ¡Ah, ya te veo!

Sí, esta es la noche donde miles de personas se congregan en Times Square para ver la bola de cristal caerse desde el cielo; un reloj digital los alerta que faltan diez segundos para que se acabe el siglo. Miles de bocas se abren al unísono, anticipando la caída de la bola... 10,9, 8,7,6,5,4,3,2,1 y comienza la gritería, las cornetas, los abrazos; las lágrimas a salir de los ojos gracias al alivio que se siente cuando un año pasa y uno se cree que el que viene va a ser mejor.

Otros se han unido a sus familias, han ido a la iglesia; o, se han congregado con sus amistades más íntimas para ver la bola caer gracias a los servicios televisivos. Besos a conocidos, a acabados de conocer, una copa de champaña en la mano y muchas felicidades. Luego, después de cumplir con esos ritos, se llaman, se juntan y salen: hacia las discotecas a llenarse los cuerpos de píldoras y polvos. Los respiran o mezclan con agua, se fuman o se inyectan para olvidar el siglo que acaba de pasar y darle la bienvenida al nuevo con la mente y el cuerpo adormecido.

Yo no sigo el protocolo. Todos los años vengo a este lugar. A esperarlos a todos para recibir el año nuevo con sus cuerpos, para darles mis felicitaciones en silencio, sin palabras, simple y sencillamente con gestos. Con manos que se deslizan sin pedir permiso; con miembros pegados a sus cuerpos que se adentran en mis bocas uno detrás del otro. Sí, así comienzo el año, en este caso, el siglo: recogiendo jugos blancos, amarillentos y a veces incoloros.

Ya son las doce y cinco de la noche, la bola en Times Square habrá caído. Me imagino la algarabía, el sonido de las cornetas; el pop de las botellas de Champaña expulsando la espuma de la primera apertura. Se preparan todos para venir a mí, aquí, en donde siempre los espero.

Una nueva bocanada me sale por la boca. Humo que recogí de un aparato que parece como los que se usan en las clases de química. Un artefacto mágico con una esfera en el fondo a la cual se le echa cristalitos. Luego se calienta pasando el encendedor por debajo, en donde lo sólido se disuelve y las moléculas se transforman creando burbujas. Un humo blanco delicado se eleva como se elevan los cuerpos por la mañana al despertarse. Así mismo, suave, se estira, sube y se adentra a mis pulmones.

Entra por mi boca sin tener ningún sabor, sólo textura. Sigue bajando lentamente hasta llenarlo todo. Esta vez no hay ardor. Se siente transformador, liberador: me lleva a donde ansiosamente quiero llegar. Sostengo el humo un poco más y, con una espontánea sonrisa, un brillo en mis ojos y una caricia que me recorre toda la piel desde adentro; dejo salir el humo y lo observo desaparecerse en el aire, enroscándose en el abanico que colgaba del techo pintado de negro. Una, dos y tres veces repito el delicioso ritual, y ya estoy listo para el nuevo siglo, para los hombres que vendrán en caravanas, huyendo de sus responsabilidades sociales a buscar un poco de sombra, a buscar el anonimato; a los cuerpos que les brindarán el placer de recibir sus descargas: las tensiones que han acumulado todo el año, que no los dejarán, al menos por unas horas, pensar en las resoluciones que nunca se dieron: las que se procrastinaron y se volvieron a escribir en un pedazo de papel antes de anoche ;y que, seguramente, están colgando de algún pizarrón; dentro de un organizador electrónico, una computadora o pegados a la nevera sostenido con un magneto que dice sonríe que la vida es buena.

Mi cuerpo está listo. Lo que quiere es que lleguen, que lleguen pronto y con urgencias. Me siento bello, espectacularmente bello. La energía de los dioses me posee y sé que mi cuerpo es un caudal inacabable de placer. Me viro a guardar la pipa dentro del cajón de madera y me tropiezo con mi imagen en el espejo colocado frente a la camita de maromas: estoy regio. Me levanto, me arreglo la toalla que me rodea las caderas. La bajo un poco para que se me vea la rajita al final de la espalda y abro la puerta para comenzar la caza.

Miro hacia la derecha, miro hacia la izquierda. Un pasillo largo y poco iluminado se extiende a ambos lados con puertas numeradas y una pequeña bombilla al tope del marco. Usualmente las abiertas te dicen que alguien espera adentro por algún cuerpo generoso que dé caricias de gratis. Cuando vengo aquí usualmente doy la ronda benéfica, la de la obra de caridad, la de colectar buen karma dejando que aquellos con menos atributos físicos me toquen. ¿Quieres compañía?, les digo, y entro: me paro frente a ellos como un Dios para que me veneren. Yo sé que los hago felices, que ese karma que practico todas las semanas va a volver a mí esta noche. Así es que no. Mejor no voy a dar vueltas, no voy a hacer favores. Esta noche estoy regio y esperaré aquí a que lleguen a mí y me devuelvan todo el placer que he regalado por tantas noches. Buena resolución para comenzar un siglo. Tengo que nutrir mi cuerpo y dejar que otros vengan a mí. Que sean ellos los que me alimenten. Siempre están aquí, caminando por los pasillos y depositando espermas en cuerpos que nunca antes habían tocado.

Todavía no veo a nadie, no se oye ningún gemir, sólo la música que retumba en las paredes como el fantasmal sonido del salvajismo de hombres en celo; carcomidos por la soledad desesperante de esta ciudad. Estoy tentado a salir, a dar una vuelta. Pero no, me voy a quedar aquí, sé que ya están por venir, que vienen. Entro, dejo la puerta abierta, suelto la toalla un poco para dejar ver los contornos de mis muslos; mi vejiga llana con varios pelos sueltos que salen del ombligo, alineándose suavemente hacia abajo hasta llegar al tumulto de pelos recortados y con olor a agua de colonia. Me viro de lado para que el mensaje sea claro. Hoy vine a recibir, a colectar espermas, a llenarme el cuerpo y como estoy tan regio, yo sé que ni una bacteria se me va colar, ningún parásito o virus me va tocar, porque estoy fabuloso; y hoy, es el día de recibir mi buen karma.

Ya son las cuatro de la madrugada. ¿Cómo es posible que el tiempo se haya ido tan rápido? Bueno, no importa. Mañana no hay trabajo y yo sé que la espera va a traer beneficios, pues claro, el último que ríe, ríe mejor. Son las cuatro y media. La caravana comienza lentamente. Sé que todavía esos cuerpos que estoy esperando con mi buen karma en los bolsillos están bailando o quizás en camino a traerme mis bendiciones. Quizás es hora de darme otra fumaíta. Echo el cristalito, lo caliento, veo las espumitas formar el humo, mis labios se juntan a ese cristal ahumado y trago con urgencia. Lo dejo fluir por mis pulmones: lo sostengo. La piel se me eriza y siento esta felicidad, esta belleza que me posee, esta hambre de cuerpo. Si no fuera porque el oxígeno es necesario; jamás dejaría ir este humo de mi cuerpo. Qué delicia. Ya siento venir el karma.

La pasarela de hombres desnudos con toallas abrazando sus caderas ya ha comenzado. Míralos cómo me buscan moviendo sus cabezas de un lado hacia el otro, con los ojos desenfocados sumergidos en el suelo; en un espacio vacío, invisible e inacabable, que se esparce por la oscuridad de este lugar. Sé que me buscan porque se miran, no se hablan... se tocan, y continúan... se persiguen creyendo que soy yo, entran a sus pequeños cuartos y salen sin mirarse buscando mis ojos nuevamente en el vacío. Los más diestros van a encontrar el camino hacia mi puerta, donde estoy sosteniendo este cuerpo mongo sobre la cama, torciendo las caderas y las recuesto sobre el lado opuesto contra la pared. Sí, los más inteligentes se van a detener, los más sofisticados me van a percibir y yo los recibiré. Sin palabras los cautivaré, los moveré como marionetas de brazos flojos y me tocarán. Unos se treparán y otros, bueno, los que están menos iluminados se irán. Yo no me ofendo con los que se van, mi compasión es muy refinada, yo entiendo que si el Karma mío es el que traen en sus cuerpos, sin vacilación alguna lo han de depositar en mí, completito.

Ya no es de noche, son las nueve de la mañana. Qué raro que no hayan llegado. Bueno, yo sé que vienen, la intuición, esa intuición que siempre me dirige, me dice que vienen. Quizá deba fumar un poco más... ¡Claro!, coño, por qué no se me ocurrió antes... Ellos no van a venir aquí, ellos van a ir a mi casa. Tonto, tonto, tonto. Es mejor que me vaya. Es la una de la tarde y quizás algunos ya han ido y no me han encontrado. La luz del día me ciega los ojos. Mis gafas, ¿dónde están mis gafas? Regio, todavía reluciente, en camino a mi casa para recibir mi karma, la caravana de hombres bellos que me esperan. Las calles vacías, todo el mundo debe estar buscándome; y aquellos que no, deben estar durmiendo con un cuerpo al lado; quizás solos... Bendito, me da tanta pena con la gente que está sola.

Qué raro no hay nadie esperando. Mi máquina contestadora debe estar llena de mensajes. Qué ansiedad tan rica, sí, muchos mensajes, números de teléfonos de hombres que me buscan porque saben que este es mi año. Un mensaje. Qué maravilla, yo lo sabía. Federico feliz año nuevo, ¿cambiaste el mensaje?. Mi nombre no es Federico... Bueno no sé. Déjame recostarme. Quizás beberme algo que me ayude a dormir un poco. Ya son las cuatro de la tarde. Sí, dormir; eso es lo que tengo que hacer, dormir, pero no comer: tengo que estar limpio para cuando ellos me llamen.

Las valiums, ¿dónde están las valiums? En el baño. Una, dos, tres, cuatro, cinco, seis, siete, bueno, ocho serán suficiente. Ah, qué rico estar en mi cama grande. Otro cigarrillo para volver a ver el humo convertirse en hilitos que suben al techo y se disuelven como nubes. Me imagino que así es también como suben las almas al cielo. Qué maravilla... como se va relajando el cuerpo. Sí, ellos me van a llamar pero tengo que descansar... tengo que... descansar... tengo... que.... des... can... sar...

El baile de las rosas

❊

*"El enamorado de las flores
solo recibirá de mí los inanes ramos fúnebres..."*
Las Memorias de Adriano

I

Allí estaba retorciendo su cuerpo al son de la música. En cada cambio de ritmo se inventaba un movimiento nuevo. Saltaba en el momento exacto: inclinaba su cuerpo, movía sus caderas hacia la derecha; entonces, extendía sus brazos hacia la izquierda. Juntaba sus manos y luego repetía el mismo movimiento del lado opuesto. Los que bailaban cerca se burlaban.
—Esa loca está más tostá que una caja de corn flakes.
—Mírala, mírala— comentó un joven a mi lado.
Era delgado, de mirada perdida en unos ojos verdes turbios; con ojeras amplias y cejas abultadas. Su cabello negro, largo con risos: viajaba por el aire. Se abría paso a través del humo espeso que todos tragaban. Los brazos, velludos, definidos; mostraban las venas como si quisiesen salírsele del cuerpo. Se veía enfermo. Los vellos de su pecho cubrían los pectorales contraídos;

sólidos como cualquier piedra lisa de agua dulce. Como si fuese la corriente de un río, resbalaba con el ritmo de la música. Sus caderas daban fiel testimonio de sangre caliente, pero su rostro reflejaba una tristeza abrumadora.

Los que se burlaban, se movían sin ritmo. Petrificados, pretendían bailar con sus piernas pegadas al suelo. Se tambaleaban de un lado a otro, tocándose, besándose las pieles. Se reían de él y lo empujaban.

El joven sacó una rosa amarilla del bolsillo de sus pantalones de corte militar. Con su mano derecha la volteó, de un lado a otro a la par con los movimientos de su cuerpo; como se ondea una bandera. Después, dio una vuelta completa, pasó la rosa a la mano izquierda, arrancó de un tirón todos los pétalos y los soltó al aire sobre su cabeza. Dejó de bailar, observó los pétalos caer; perderse entre los cuerpos sudados a su lado. Luego se puso la camisa y salió de la pista sin expresión en el rostro. Observé todo sentado sobre un cajón que sostenía un par de bocinas.

Pasó una semana. Me fumaba un cigarrillo cuando me dí cuenta que el joven de la semana anterior; nuevamente, enroscaba su cuerpo. Cada vez que las luces se movían, las seguía al son de la tonada con intensa devoción. Inclinaba su cuerpo, movía sus caderas y entonces extendía sus brazos crucificándose a él mismo.

Con una rosa roja. Siguiendo el rito anterior, dejó de bailar; y, observó los pétalos caer. Luego salió con su cara en blanco: borrada desde adentro.

Por dos semanas continuas, este ser que bailaba con las rosas, había repetido la misma coreografía.

Quizás era una de esas cosas que pasan en la disco y que se toman por lo que son sin tratar de entenderlas. Pero me seducía la mirada, tiraba una línea con anzuelo que yo me tragué enterito. Me bajé de las bocinas y fui a bailar. Cuando miré al suelo, vi uno de los pétalos de la rosa roja y me acordé que la sábado anterior la rosa era amarilla.

Pasó otra semana. Al igual que todos los sábados en la puerta del club: se formó un tumulto de gente. Arremolinados frente a la entrada, con sus camisetas pegadas al cuerpo, altanería en el rostro y pose fabulosa, intentaban impresionar al encargado de la puerta, para que les dejase entrar. Desde la distancia me sonreí con Derek, el portero. El abrió paso y me señaló para que entrara.

Pasé las escaleras y llegué hasta la cabina donde se compraban los boletos. La cola me tornaba nervioso. Me exasperaba tanto pelo esculpido, inmóvil y lustroso. Sin embargo, tiempo atrás; yo también modelaba con cadenas de plata, barbillas, pantalones apretados y camisas ajustadas. Sí, yo también posaba, listo para la cacería, mirando al que estaba al lado.

Comencé a sentir la música que retumbaba contra el piso. Las miradas de los tipos se impregnaban a la piel. Me seducían los pedazos desnudos de cuerpos, moviéndose a un mismo tiempo; compartiendo el olor, el sudor, las luces contra sus pieles. Mis ojos se movían de una esquina a otra, tratando de captarlo todo, intentando absorber la energía de esa noche para encontrar historias.

Retorciendo su cuerpo al son de la música lo vi. Esta vez con una rosa melón. Su baile era un poco diferente pero la señal no cambió. Era la misma bandera de pétalos meciéndose en el aire. Desmembró la rosa. Los pétalos volaron. Dejó de bailar y se marchó.

II

El martes siguiente decidí sentarme a escribir una lista de posibles historias. Pero con el trajín de la semana se me habían olvidado. La noche del sábado me sorprendió sin haber escrito ni una letra.

Me levanté del escritorio, me bañé, me puse unos mahones y salí a bailar. Esta vez no lo vi. Traté de ver si había alguna señal de pétalos por el suelo.

Di un salto y comencé a buscar por todas partes. A fin de cuentas lo encontré, retorciendo su cuerpo al son de la música que ya; a estas alturas, estaba a todo dar. Experimentaba con su cuerpo cada ritmo, cada tonada, cada movimiento de luces. Esta vez fue una rosa blanca. La besó y la abrazó. Lanzó los pétalos al aire y comenzó a llorar sentándose en el suelo.

La noche del jueves siguiente decidí volver a la lista. Recordé las posibles historias. Miré detenidamente la única línea escrita.

Mirando; llegó el sábado en la noche, otra vez, sentado sobre un cubículo de madera; esperando al bailarín de las rosas. Pasaron las horas. Jamás llegó.

III

Dos semanas después estaba en mi apartamento y era sábado de juerga. El hombre de las rosas me ocupaba la memoria. ¿Qué más se podía hacer un sábado en la noche? Sonó el teléfono.

—¿Bueno?
—Daniel, es Salvador.
—¿Cómo estás? Tanto tiempo. ¿Qué es de tu vida?
—Chico, estoy jodío...
—¿Por qué? ¿Qué te pasa?
—Se me murió un amigo el jueves.
—Lo siento, ¿qué pasó?
—Te diré, pero antes necesito un favor. Tengo que buscar varias de sus pertenencias. Antes de morir dejó escrito que por favor recogiese un altar que tenía sobre su mesa, para que lo quemasen junto con él. Tengo que ir esta noche, porque lo van a incinerar el lunes. ¿Podrías venir conmigo?. De verdad que no quiero ir solo. Esta noche todo el mundo está bailando, no sé si tú vas a salir, pero me gustaría que me acompañaras.
—Pues claro.
—Paso por tu apartamento a las ocho y media.
—Aquí te espero.

Miré la computadora. Recogí los papeles con los garabatos de historias que había comenzado. A todos les faltaba algo. A las siete y media comencé a bañarme y a vestirme. Mientras esperaba me fumé un moto que había guardado para esa noche. Salvador tocó el timbre.

—Te encuentro abajo. Déjame ponerme el abrigo.

Perdí el balance mientras abría la puerta del closet. Todo a mi alrededor comenzó a dar vueltas. Cerré los ojos. Caminé hacia la puerta, llevé mis manos a los bolsillos del abrigo; luego, hacia mi cara y respiré profundo hasta que un pase de tina me sacó de aquel hueco en el tiempo.

—Fíjate que se me olvidó decirte que Dimitri era vecino tuyo. Entramos al edificio, subimos al cuarto piso; y, llegamos al apartamento. El lugar estaba oscuro. Salvador me dijo que no me moviera, que esperara a que prendiese la luz. Encendió la luz: vi la desolación, la dejadez con la cual vivía el llamado Dimitri. El aire era denso. La calefacción no había calentado las paredes llenas de fotos. El polvorín me hizo estornudar. Los muebles eran una colección de diferentes estilos, como si estuviesen en un mercado de pulgas. Había dos butacas y un fouton marrón. Sobre éstas descansaban unos cojines viejos con cobertura de leopardo y otros de colores sólidos pastel. Al fondo de la sala de estar posaban dos ventanas frente a una pared encementada. El piso lleno de periódicos: unos sobre los otros; y, en el medio de la sala, se desplegaba una alfombra persa rasgada por los bordes y una mesa con una especie de altar.

    —Esas son las cosas que me tengo que llevar.
    —¿Qué?
    —Lo que está sobre la mesa.
    Cuatro fotos. Frente a cada una, una vela encendida alumbraba un pétalo de rosa y un tallo seco desflorado. Salvador se acercó y me dijo:

    —Qué cosa más triste. Esos muchachos eran los mejores amigos de Dimitri desde que estaban en la universidad. Se mudaron a la ciudad hace como dos años atrás. Cada uno con buenas profesiones, trabajo y salud. Se mudaron al vecindario; y, pues, ya tú sabes lo que les pasó: fiestas, drogas, se quedaron en la bebelata; y, jamás se enteraron hasta donde alcanza el

cuerpo. El del pétalo amarillo se volvió loco: la familia tuvo que venir a buscarlo e internarlo. No se ha vuelto a oír de él. El del pétalo rojo: se murió de una sobredosis; el del color melón todavía está por ahí dando vueltas. Todo el mundo sabe que anda jodío, pero nadie le dice nada. El último con el pétalo blanco era mi amigo Dimitri. Trató de ayudar a sus amigos, pero él mismo no pudo salir de su propia trampa. Varias semanas atrás comenzó a hacer cosas extrañas. Nos dimos por desentendidos. Una noche llegó a la casa, me llamó. Me dijo que en una semana viniera a recoger unas cosas sobre la mesa. Me envió una nota más detallada por correo; todavía la recuerdo "traeme las cosas sobre la mesa cuando te llamen". Se iba de viaje, necesitaba salir de la ciudad; eso dijo. Dos días después me llamaron. Lo encontraron muerto en la bañera de su casa.
—Daniel, ¿qué te pasa? ¿Estás bien?
—Como son las cosas.
—¿Tú lo conocías?— me preguntó Salvador
—No.
Terminamos de poner las velas, los pétalos, los tallos y las fotos en una pequeña caja de aluminio.
Besé a Salvador en la frente.
Luego, caminé hacia mi edificio despacio con la historia en mis manos. Los sonidos de la calle se perdieron dentro de mi mente. Su rito me llevó a su vida y ahora a su muerte. El retumbar de mis pasos se hizo agudo, como si mi cuerpo hubiese subido el volumen del impacto de mis pies sobre la acera, sobre los escalones que subía. Entré a mi apartamento, busqué mis cuadernos y me puse a garabatear de nuevo. Me di

otro pase y un estirón de conciencia hizo que la neblina se esfumara. Fue entonces cuando comencé a escribir "El baile de las rosas".

Revelado

※

Aturdido se tornó hacia la mesa de noche. Eran las cuatro de la mañana del lunes. Tanteando con una mano, logró alcanzar el teléfono.
—Heriberto te necesitamos.
La otra mano subió por el pilar de metal de la lámpara. Alcanzó un pedazo de papel y escribió la dirección a donde ir. Con la vista nublada se levantó. Su cuerpo, de hombros angostos y pecho hundido, se viró entre las sábanas: para alcanzar los pantalones. Sobre la cama comenzó a ponérselos, apoyándose sobre sus caderas. Llegó hasta la butaca de cuero color marrón y se puso una camisa de algodón estrujada. La abotonó. Se sentó empujando sus pies dentro de sus zapatos de suela gastada, tomó su teléfono celular; y, el pedazo de papel. Entró a la cocina. Se sirvió de la cafetera automática una taza de café aún tibio. Dejó la luz encendida: para que alumbrara la casa de paredes cubiertas con paneles de formica marrón. Regresó al cuarto a recoger su cartera y sus llaves. Se miró ojeroso frente al espejo y se arregló el pelo descompuesto.
    Salió de la casa. El auto siempre lo dejaba afuera. El garaje era su cuarto oscuro, donde revelaba las fotos que solía tomar en sus tiempos de ocio. Las

calles se veían desiertas, como de costumbre, a esas horas tan tempranas. Sacudió las hojas caídas sobre el auto. Sacó un paño seco del baúl; y, de una pasada, limpió los cristales empañados con la humedad del calor. Ocean Park era el destino a llegar. Entre sorbos de café decidió el modo más rápido. Del expreso a Trujillo Alto; al puente cruzando la laguna San José. Las banderas adornando la pasadera permanecían inmóviles. Entró al peaje. Pagó. El café intensificó el calor y su camisa empapada se pegó al asiento. Los cristales se volvieron a empañar. Había dejado las ventanas cerradas. Encendió el aire acondicionado. El vapor en el auto se dispersó. Ahora podía ver con mejor claridad. Pasó el puente. En menos de diez minutos estaba dando la vuelta desde Isla Verde, pasando Punta Las Marías y entrando a Ocean Park.

Por culpa de los transeúntes nocturnos: deambulando por las calles con salida al mar; la urbanización se había cercado. Se decía los homosexuales eran los culpables, por estar buscando muchachitos a esas horas de la noche. Meses atrás los vecinos se quejaron. De dos o tres, la playa se llenó de hombres detrás de las palmeras, a oscuras, aliviando las urgencias después de una noche de alcohol y perico. El hambre homosexual trajo consigo a los maleantes del caserío, a quienes llamaban bugarrones. Los asaltos comenzaron, al igual que los robos en las casas. Siempre crímenes menores.

Heriberto se miró en el espejo retrovisor, sacó su identificación mostrándosela al policía; quién, con linterna en mano, desviaba el tránsito. Nuevamente se arregló el pelo y esperó por una alumbrada de baliza para verse con más claridad.

—Entre inspector González.
—Gracias.
Se acercó Heriberto a la escena del crimen y se estacionó al lado de un auto sedán negro. Las bandas anaranjadas rodeando la casa, de paredes de cristal ahumado, le confirmaban muerte. Bajó del auto. Abrió el baúl para tomar su cámara digital y su cuaderno de apuntes. Las luces de las casas vecinas permanecieron apagadas. Usualmente hubiese habido uno que otro vecino curioso, asomándose por las ventanas; o, alguna doña en pijamas, husmeando por la aceras para enterarse de lo acontecido. Sin embargo, no había nadie.
Heriberto caminó rápido. La casa estaba desordenada. Las mesas de cristal eran estudiadas por los agentes. Comenzó a tomar fotos. Cuatro líneas de perico sobre la mesa le llamaron la atención. Heriberto se acercó a tomar una foto y el inspector Rodríguez lo detuvo.
—No le saques fotos a la mesa. Ordenes del cuartel.
El inspector sacó un billete de sus pantalones; lo enrolló, e hizo desaparecer dos de las líneas; pasándole el rollito a Heriberto. El fotógrafo terminó las otras dos. Uno de los agentes se acercó y limpió la mesa con un paño húmedo, mientras otro recogía los vasos a medias de vodka con cranberry.
—Las instrucciones son de eliminar toda evidencia de drogas o alcohol.
—Entiendo—respondió Heriberto, ya con las encías adormecidas.
—Ven, saca fotos de la sala después que la limpien. En la habitación de arriba está lo que necesitas.

Sube que allá está lo importante. Heriberto subió por las escaleras flotando sobre una tubería plateada con tablones de madera barnizada. Cada vez que llegaba a un escalón, se prendía una luz tenue a los lados. Entró. Se tropezó con otros agentes caminando de la terraza al cuarto. Salían del baño con sustancias químicas y luces infrarrojas. Recogían los trazos digitales de los dedos que pasaron por el encendido jacuzzi. Se acercó cautelosamente a la puerta. El estómago se le torció al ver un cuerpo desnudo tirado sobre la cama. Las sábanas, al contacto de la sangre aún fresca, parecían no querer salir del hueco de las heridas en su cuerpo.

—Doce puñaladas
—¿Un sólo cadaver?
—Sólo uno.

Miró hacia arriba para ver en el espejo la imagen del cuerpo descuartizado. Comenzó a tomar fotos. Después de cada luz, miraba por detrás la imagen retenida y preparaba la cámara para las próximas.

—¿Qué piensa, Rodríguez?—preguntó Heriberto
—Asalto, quizá bugarrones.
—¿Hubo robo?
—No, pero habrá—contestó el investi-gador con la cara inmutable.

Pasaron dos agentes con las carteras, las llaves de un auto y dos pacas de billetes de cien.

—Ahí va la evidencia para el público.

El agredido vivía solo.

—No creo que sea necesario tomar más fotos.
—Muy bien, Rodríguez.

—Tráigame un informe con las fotos mañana temprano. Ya sabe, asalto a mano armada
—Entendido.
Abrió el baúl del auto y puso su cámara. Limpió sus cristales, encendió el aire acondicionado; y, miró de pasada hacia el final de la calle frente a la casa del crimen. Daba al mar. Notó un joven observando detrás de la verja de cemento. A Heriberto le entró una corazonada extraña. Metió su mano en el bolsillo y sacó su cámara desechable. Apuntó al joven. Apretó el dedo con fuerza dejando escapar la luz, que le dió la señal de escape.

II

Era un típico sábado de bebelata. Heriberto sacó los mahones más apretados que tenía. Abrió el botiquín, tomó la pomada gel; y, fijó su peinado de pelo recién cortado. Agarró la camisa hawaiana azul de soles amarillos y mares de trasfondo. Frente al espejo, se la puso sobre su piel velluda. Se la metió por dentro de sus pantalones y se viró para asegurarse un par de nalgas en alerta. Esa noche, después de la barra, Alberto y Toño iban a dar una de sus orgías privadas. Siempre le pedían que trajese su cámara. Sabían de su pasión por la fotografía al desnudo.

—Entra que hoy, trajimos un pichoncito dulce.
—¿De dónde lo trajeron?
—Es uno de lo nuevos bailarines de la barra, queremos que le saques muchas fotos. Es bellísimo.
—¿Dónde está?
—Con Toño en el yacus. Desvístete y saca esa cámara; sírvete, que te dejé dos líneas en la mesa.

Antes de desvestirse fue a la terraza. Allí se encontró con Toño. El joven era más hermoso de lo que Alberto había descrito. Con el aceite, la luz del yacus de tope azul; y, los reflejos del agua burbujeante; el desconocido trigueño de pelo oscuro parecía un querubín de cobre azulado, casi plomo. Heriberto nunca lo había visto, pero lo desarmó de todo buen juicio. Volvió a la sala donde encontró sus dos líneas de perico. Una por la derecha, otra por la izquierda. El polvillo que quedó lo recogió con los dedos y se los frotó sobre las encías. El rostro se le abrió en dos. Los granos blancos subieron por sus narices aferrándose al primer capilar abierto que encontraron. La mente se le aclaró y las nubes del miedo se esfumaron.

—¿Hay más?

—Sí, date el pase que arriba hay más— le contestó Alberto estirando su prepucio que se inflaba como un globo.

Las ropas salieron facilitas. Alberto se acercó a Heriberto.

—Esas nalgas tuyas— dijo con las manos sobre ellas.

—Déjame sacar las fotos primero. Ese niño está bien bueno.

—¿No te lo dije?

Con la asertividad de un Dios, entró con cámara en mano a la terraza. Sin anuncios comenzó a tirar flechazos de luz. El mulato se estiraba de espalda con la mitad del cuerpo en el agua. Heriberto apuntó el lente a la imagen turbia. El foco se detuvo en los pliegues favoritos de su arte al desnudo.

—Trinca los abdominales, alza los brazos. Abre tus caderas hacia el lado contrario de tu torso—se

escuchaba la voz del fotógrafo hambriento, dando las instrucciones para la mirada sensual a imprimirse en el papel Kodak.
—¿No es digital?— preguntó el joven.
—No, esto es arte, no me gustan los retoques.
—Soy fotógrafo también, pero digital. ¿No usas Photoshop?
—No. Las fotos digitales están destinadas a morir ¿lo sabías? Vamos vírate de espalda.
—¿No saldré muy oscuro? Con Photo-shop me puedes aclarar.
Alberto llego con su cámara digital.
—Vamos. Complácelo.
—¿Quién es el fotógrafo?—inqurió Heriberto irritado
Siguió rastreándole el cuerpo, la esquina de piel más perfecta, el músculo brotado más curveado.
    Alberto y Toño no podían admirar el momento captado por los ojos de Heriberto. Con las narices rojas entraban y salían del cuarto cada cinco minutos.
    —Heri, vete, date otro pase que este perico está bien bueno—decía Toño mientras en un pequeño espejo compacto le traía más coca al muchacho.
    Su cuerpo tenía la elasticidad del agua misma que lograba tocar las partes anheladas por los ojos del fotógrafo. Alberto volvió a acercarse a Heriberto, Toño lo siguió con el platito. En el escalón de subida tropezó con Alberto, quien saltó sobre Heriberto cayendo directito al agua. Lo único que vio Heriberto fue su cámara soltar burbujas, hundiéndose entre las piernas del modelo. Ansioso trató de rescatarla; pero ya era tarde, las fotos se habían arruinado.
    —¡Mierda!

—Cálmate hombre te damos una nueva el lunes
—Las fotos es lo que me importa pendejos.
—Date otro pase y usa mi cámara digital.
—¿Dónde está el perico?—contestó Heriberto

III

Ya eran las siete de la mañana y el sol hacía su entrada por las ventanas y puertas de su casa. Como de costumbre, dejó el auto afuera. Alzó la puerta del garaje y entró a su cuarto de revelado. De antesala tenía su pequeña oficina. Sacó los cables de la parte posterior de la computadora. Los conectó a la cámara del Departamento de la Policía para que se fueran transfiriendo al disco duro. Entró al cuarto de revelado con su constante luz roja y sacó las bandejas de metal. Agarró dos galones con sustancias químicas diferentes y derramó en cada bandeja un cuarto de líquido. Hizo espacio entre las fotos que colgaban de la cuerda al final del cuarto. Volvió al escritorio. En el ordenador estaban todas las fotos del crimen. Desenrrolló la filmina de la cámara que estaba en su bolsillo, la abrió, la desplegó sobre la quemadora en una lamina de papel de revelado. Encendió el quemador, sonó la campana y listo. Dio vuelta al marco que sostienía la lámina. Con mucho cuidado la cogió. La dejó caer sobre la primera bandeja; inclinándola, para formar olas que químicamente prepararían el papel. Luego a la segunda bandeja. Lentamente la blancura del papel se fue oscureciendo en algunas partes y en otras una boina se comenzó a ver. Un cuerpo se formaba cortado, creando zanjas entre músculo y músculo. Era el joven con la

piel de color plomizo. Enjuagó la foto y se la trajo al escritorio. Comenzó a escribir el informe. El teléfono sonó y Heriberto de un brinco se dio vuelta en el asiento.
—Hola.
—Heriberto es el inspector Rodríguez. Necesito que me mande el informe antes de las nueve.
—Ya casi está listo. ¿Había alguna cámara en la casa?
—No ¿por qué?
—Sólo por saber.
—No, no encontramos ninguna, pero si encontramos otro cuerpo a la orilla del mar detrás de la hostería. ¿Bueno?
—Sí, inspector, le estoy mandando el informe con las fotografías.
—Recibido. Comenzaré a imprimir para que cuando llegue confirmemos que todos los reportes concuerden.

Heriberto regresó al cuarto de revelado. Ya la foto estaba clara, seca, solo con una gota colgándole de la punta izquierda. Cogió una toalla y suavemente la pasó sobre la foto. La miró con la misma fuerza que la luz traspasó el negativo.

—Jodio bugarrón hijo de la gran puta

Hechó la foto en un sobre aparte y salió hacia el cuartel. Llegó a la oficina con ojeras marcadas y sabor a café viejo en la boca. Ya estaban todos en el salón de conferencia con las fotos del crimen sobre la mesa.

—Lo esperábamos.

Heriberto se sentó sosteniendo en sus manos un sobre manila mediano.

—¿Se siente bien?

—Un poco cansado.

—Encontramos dos pares de huellas digitales en el apartamento diferentes a las de las víctimas. Están revisándolas en el banco de data.

—Heriberto, sabe que después que me preguntó por una cámara, uno de los policías encontró una digital pequeña. Ya están imprimiendo las fotos. También en el jacuzzi había una cámara de revelado pero las fotos estaban arruinadas y no pudimos encontrar huellas.

—Ya veo.

—¿Necesita café?

—Por favor.

Tres oficiales entraron con los sobre que contenían las fotos de evidencia. Heriberto sólo escuchaba las esposas colgando de sus pantalones.

—Inspector, las fotos—dice uno de los investigadores.

Ante sus ojos comenzaron a desaparecer. Las imágenes se hicieron turbias.

—¡Heriberto! ¿Qué pasa con las fotos?

—No sé.

—Saquen las otras fotos—ordenó Rodríguez.

—Inspector, también se desaparecen

Con caras de asombro, todos vieron desaparecer el material de evidencia. El inspector miró a Heriberto.

—¿Tienes el disco? Imprímelas de nuevo—le dijo.

Heriberto se levantó de la mesa con su sobre de manila en mano. Una foto cayó al suelo despacio, meciéndose de un lado a otro, como hoja de árbol derrotada. Los ojos de Heriberto quedaron estáticos con el vaivén del revelado, que al llegar al suelo, recibió el peso del inspector Rodríguez al pisotearla con sus ojos.

—Ese es el muchacho que tenemos en custodia. Lo encontramos en la playa con los pantalones manchados de sangre. ¿Lo conoces?

...otros desamparos

Esperanza

※

I

Llegó a la casa a recoger a Alfonsina y notó las caras largas de Hilda y Ernesto. Se preparaban para ir al trabajo. A diferencia de otras mañanas, casi ni se dirigieron la palabra. La niñera vió unos dedos marcados sobre los brazos de Hilda; quien, al darse cuenta, se bajó las mangas de la blusa. La nana llamó a la niña y salieron.

Era verano. Esperanza traía la pequeña al parque todas las mañanas. La frescura de la hora temprana no las sofocaba. Caminaron cuatro cuadras: desde el vecindario Gramercy de Nueva York. Cojidas de la mano llegaron al área de juego; donde, otras jóvenes jugaban con sus niños. Conocidas entre ellas le aseguraban el columpio pintado de rojo. Alfonsina, con sus pataletas, marcó el territorio. Cada vez que otro chiquillo se sentaba en su mecedora daba voz a gritos; que, entraban a los tímpanos, como agujas a vivo nervio.

Esperanza vivió con la familia Almendáriz desde su nacimiento. Cuando Ernesto e Hilda se mudaron a Nueva York, un año atrás, despidieron a Esperanza con la idea de emplear a una niñera que entendiese el idioma de los yanquis. Libre volvió a la Universidad de Quito, pues quería ser periodista. Sin embargo, la niña no pudo acostumbrarse a la nueva nana. La pareja le escribió a Esperanza, suplicándole que volviera; le permitirían ir a la escuela. No pudo negarse. Aunque no de sangre eran su familia. La madre de Esperanza fue niñera de Hilda. Cuando murió, ella heredó el oficio.

Cuando llegó a Nueva York, Hilda le prometió llevarla, ella misma, a matricularse en la escuela. Lo haría en el próximo semestre después de las vacaciones de verano. Le dijo que mientras tanto le enseñaría inglés. Ernesto no estaba de acuerdo con la idea. No quería verse pagando por niñera si no iba a estar en la casa; más aún, no se veía en la obligación de pagarle los estudios. El tema los irritaba a ambos. Para Hilda, Esperanza era como su hermana. Ella insistía y él se negaba. Esperanza sabía que se convertía en una amenaza al matrimonio: las discusiones se tornaron en gritos a puertas cerradas.

Esa mañana, la niñera en el parque, sintió la mirada obsesiva de una joven deambulante. Era como un hilo de calor para romper hielos. La mirada desde las pupilas de aquella mujer en trapos, despeinada y cubierta de mugre era intensa. No separaba sus ojos de Alfonsina. Esperanza notó el roce de miradas. La niña le hacía señales a la mujer, quien respondía el saludo con una sonrisa difusa, débil. Las otras niñeras mantenían a los niños lejos de la verja. Una de ellas se acercó a Esperanza y le hizo señas para que siguiera a Alfonsina. Había brincado del asiento. Caminaba hacia el portón de metal donde la mujer le hacía señas con sus manos. Esperanza despavorida, de un salto logró detenerla. Ésta comenzó a llorar; la mujer, con una simple galleta de azúcar en la mano, bajó sus ojos, se metió la merienda en los bolsillos y comenzó a caminar hacia el otro lado del parque. Pasaron tres días. Las tensiones en la casa acrecentaban. Esperanza para no tener que presenciar tales altercados continuó llevando la niña al parque. La deambulante no se acercaba. Se quedaba sentada en uno de los bancos. Al otro extremo desde donde se encontraban los columpios. Alfonsina era quien la seducía desde la distancia. "No, jovencita, con extraños no se debe hablar", le decía la niñera. La princesa comenzaba a llorar, sin pataletas, sólo lloraba y miraba con ojos de pena a la señora solitaria de piel mutilada. Al cuarto día, la mujer se acercó nuevamente al portal de los columpios. Alfonsina sonrió. Esperanza se entretuvo conversando con las otras. Se hicieron señas y la niña con cautela bajó del columpio y caminó hacia ella. El portón se abrió sin rechinar. Alfonsina agarró la galleta de azúcar, le tomó la mano a quien feliz se la ofrecía y ambas caminaron hasta el final del parque, cruzando la avenida Madison.

II

Era hora de volver a la casa. Esperanza observó el columpio vacío tambaleándose. Sus ojos le dieron la vuelta al parque. ¡Alfonsina, Alfonsina! Sus cuerdas vocales vibraron con fuerza. Las otras corrieron hasta donde estaban sus cuidos. Los ojos se le detuvieron en la esquina de la avenida Madison y observó a la deambulante empujar la niña al interior de un sedan negro. Los gritos de la nana llamaron la atención de los policías del parque, quienes de inmediato corrieron hacia el auto. Pero se les hizo tarde. El carro dobló hacia la derecha, desapareciendo entre los demás autos. Esperanza lloró sin poder decir una palabra. Las otras niñeras se fueron del parque. Inmóvil, se quedó sentada en un banquillo. Los policías la interrogaron y la escoltaron hasta la casa; donde, se encontraba Ernesto tratando de localizar a Hilda. La señora se encontraba en una reunión de negocios en New Jersey. Su teléfono móvil estaba fuera de área.

Ernesto se dedicó a andar de un lado al otro de la sala. Una que otra vez se le acercaba a Esperanza para demandarle explicaciones y soltar improperios. Los detectives llegaron y los policías salieron en búsqueda de la niña. Eran las diez de la noche. No se oyó noticias de la niña, ni de la madre. Ambas desaparecieron. Esperanza en la habitación de la niña no sabía si quedarse o irse. No se fue. Entrada la noche salió por un momento a la cocina. Lo miró con sus ojos de pena; derrum-bado ante su pérdida, el señor de la casa, con el típico vaso con whiskey de todas las noches. Él la miró fijo, con rabia. Le traspasó el cuerpo sin ni tan siquiera tocarla. Esperanza de espaldas, frente al refrigerador; atónita, no sabía qué beber. Sacó un cartón de jugo de naranja y se sirvió un poco. Caminó hacia el cuarto de la niña y don Ernesto ya no estaba. De puntillas prosiguió su camino. La puerta semiabierta le permitió dar una ojeada hacia el espejo de la coqueta. Sentado de espalda sobre la cama de su hija estaba el señor sin camisa.

Al día siguiente, Esperanza le dijo al señor que regresaba a su pequeño apartamento. "¿Necesita algo?", le preguntó. "No y no llames. Date por despedida". Sus pasos la llevaron de nuevo al parque. Las otras niñeras no estaban. Sobre el columpio rojo había un paquete pequeño, como las cajas de cheques nuevos. La nana corrió hacia el columpio. Vio el paquete envuelto en papel de estraza y lo metió en su saco. Desde uno de los pliegues del paquete salía una nota. Esperanza sonrió. Un hombre alto le hizo señales desde un sedan negro. Se acercó con cautela, mirando a todos lados como para asegurarse ningún ojo curioso la estuviese siguiendo. Miró dentro del auto. Unas manos pequeñas le saludaban. Abrazó y besó en la mejilla a la mujer que sostenía a la criatura en sus brazos. Entró al auto dejando escapar un suspiro de alivio. Recostó su cabeza sobre el cristal ahumado. Ante el reflejo; su rostro sonriente se vio feliz e impaciente, por llegar a Quito.

BEATRIZ

※

I

Era hora de almuerzo. Sus compañeros de trabajo se juntaron para comer. Beatriz permaneció en su escritorio. Tomás Ponce, su jefe, todavía se encontraba en el teléfono. La luz verde le dio la señal que esperaba. Sus huesudos dedos largos, con uñas cortas e impecables, saltaron hacia el auricular cuando la luz roja parpadeó.

—Señorita, por favor, dígame, ¿con quién almuerzo hoy?

—Con el Señor Alvarado, del Departa-mento de Mercadeo de Biogenética Incorporado.

—Muy bien.

—El auto lo espera frente al edificio. Lo llevará al restaurante "La Gallega". El señor Alvarado lo encontrará en la mesa 7. El coche lo traerá de vuelta.

—Gracias, Señorita Lozada.

Beatriz sonrió. Le pareció tierno que la llamara señorita. Recogió su pelo fino, canoso, y lo enroscó debajo de la nuca. Se acomodó los espejuelos de marcos gruesos. Estos tenían una raya horizontal en el medio y, en cada uno, una pequeña lupa. Esos círculos le engrandecían los ojos de escasas pestañas, verdes y caídos. Beatriz flotaba por la oficina con la elegancia de una secretaria digna. Con la sofisticación justa, cultivada y retocada, en la mejor escuela de su tiempo. Para variar su atuendo, usaba un chaleco negro, el que combinaba con una blusa para cada día. Lunes rosa, martes azul plomo, miércoles amarillo trigo, jueves verde esmeralda, y viernes, una blusa fina de seda roja. Muy bien organizada en sus ajuares laborales, alternaba entre pantalones y faldas.

Un lento pero preciso malestar le recordó que debía comer. Caminó hacia la cocina y calentó su almuerzo. Lo había traído en una bolsa de papel Manila, que doblaba cuidadosamente. Para que no se estropeara, metía la funda de papel en la cartera hasta las tres de la tarde. A esa hora, cuando el recipiente estaba seco, desdoblaba la funda de papel y guardaba el envase de plástico. Cuidar su figura fue siempre prioridad. Calculaba las calorías que ingería diariamente en una pequeña libretita de notas. Para ella, una secretaria ejecutiva debía de tener una buena apariencia; por eso, desde que se graduó del programa de secretarial de la Escuela de Artes Industriales, comenzó una dieta, la cual nunca abandonó. Sonó el timbre del horno microonda y sacó su almuerzo. Puso su libreta al lado, la abrió y escribió 250 calorías. Se llevó cautelosamente los dedos a los dientes y los movió de lado a lado. Comenzó a comer en la mesita solitaria al lado de la nevera en la cocina de lámparas fosforescentes y paredes blancas. Masticaba cuidadosamente con la servilleta de papel sobre su falda. Como resultado de la sabiduría obtenida en la clase de economía doméstica, cortaba con gracia un pedazo de pollo hervido, semejante a la piel violeta que le colgaba de sus huesos. En aquellos tiempos escolares, sus cinco hermanos, se burlaban de ella "Ay chus, qué finura." Ella se hacía de oídos sordos, pues sabía, que algún día iba a ser una dama de clase. Sus hermanos no la perturbaban más. Uno a uno se habían diluido en la vida indomable del caserío. Canito desaparecido en los niuyores, Pepe viviendo a cadena perpetua en el oso blanco, Junior y José se habían casado, vivían en otros proyectos y nunca la buscaban, ni para comer pernil en Nochebuena. Cholo, el más pequeño de todos, terminó con un tiro ciego en la cabeza mientras un día caminaba de regreso a la casa con Beatriz de la escuela. Vivía sola, en el mismo apartamento en el cual se crió. Quedó en compañía de su madre, Doña Hortensia, hasta que ésta falleció. En vida su primogénita siempre la motivó a superarse. Por eso, hasta su último suspiro, Beatriz estuvo con ella. Padre nunca tuvo.

 Sus sueños eran casarse con un ejecutivo, sacar a su mamá del caserío y formar una familia. Un día, abrió los ojos. Se encontró cumpliendo demasiados años, sin madre, sin familia, sin sueños.

II

Por ser tan buena estudiante, al graduarse, le ofrecieron una plaza de secretaria con un alto ejecutivo en el Banco de Ponce. Para su primera entrevista, se vistió con falda Chanel y una blusa de manga y cuello largo, que ella misma había hecho. Se recogió el pelo con un moño bajo, cubriéndose las orejas. Los zapatos eran negros, de tacón bajo.

Ese día demostró sus habilidades al mundo. Era mecanógrafa de avanzada. Sus dedos corrían entre las teclas, sin verse u oírse. Parecía acariciar la máquina. Mostraba gracia y rapidez, hizo girar las cabezas de las otras secretarias, quienes arqueando las cejas, la miraban con cierta envidia. Le dictaron una carta, la cual escribió en taquigrafía. Ágil, dibujaba signos con la punta del lápiz casi sin tocar el papel. Los entrevistadores complacidos e impresionados, la emplearon al momento. La pasearon por la oficina y la presentaron a sus colegas. Todas, con una sonrisa forzada, saludaban con la cabeza.

Luego, la llevaron a una oficina con vista a la milla de oro y le dieron las llaves. Era la única secretaria con oficina propia. Una verdadera ejecutiva. Se sentía en medio de un sueño. Sus cuatro años de escuela no fueron en vano. No podía esperar llegar a su casa y mostrarle a su madre las llaves. Eran su símbolo de triunfo.

—Ahora venga a conocer al Señor Ponce.

Unas pequeñas gotas de transpiración saltaron por su piel, pero gracias al talco, nadie se dio cuenta.

—Entre y siéntese.

—Buenas tardes, señoritas.

—Buenas tardes, señor Ponce. Quería presentarle a la señorita Beatriz Lozada. Su nueva secretaria.

Beatriz lo miró, quedó perpleja ante la altura de aquel hombre de bigotes negros con pelo brilloso y partidura central. Su olor a Brut de Fabergé llenó la oficina. Era de hombros anchos, bien vestido, con los brazos fuertes asomándose por la camisa.

—Un placer, señorita. Lo importante para mí, es la eficiencia, el profesionalismo y los buenos modales. Por lo que oigo, y veo, usted parece ser la indicada para el puesto. Desde hoy será usted mi mano derecha. ¿De acuerdo?
—Sí, señor Ponce. Gracias por la oportunidad.
La despidió con un apretón de manos fuerte. Ella hizo un gesto reverente. Salió hacia su hogar. En la parada de guagua, dio dos saltos. Tomó el autobús contenta. Con el pecho preparado para volar. Pensó en lo guapo, fuerte, masculino y elegante que lucía su jefe. En su intersección, se bajó apretando muy fuerte sus llaves, camino hacia la casa, oliendo los rastros de Brut de Faberge evaporándose en sus manos.

III

Beatriz terminó su almuerzo antes de que llegaran los demás. Se levantó de la mesa, enjuagó el envase de plástico, y guardó la bolsa en su cartera. Regresó a su oficina en busca de su bolso de cosméticos. Fue al baño de a corridas. Sacó su cepillo de dientes, un tubo de crema dental, otro de crema adhesiva. Se miró al espejo. Con la punta de los dedos se fue sacando la caja de dientes. Los lavó con una diligencia precisa. Ningún pedazo de alimento podía quedarse encajado entre ellos. Luego, tomó un sorbo de enjuagador bucal, lo esparció por sus encías. Con ambas manos pasó el tubo de crema adhesiva sobre el tope rosado que sostenía sus dientes. Se los acomodó y sonrió plena.
De seguido, con su compacto maja abierto, se empolvó la nariz, las mejillas, la frente. Se soltó el moñito

temporero de las horas de almuerzo. Su vista se detuvo ante aquella imagen arrugada frente a sus ojos. Una mujer con la fuerza de los años encima, ojerosa, con la cara cuadriculada. Lo que una vez fueron mejillas rosadas, ahora eran dos falsos parchos rojos, esparcidos por sus dedos con un toquecito de pintalabio. La vejez la sorprendió. Oyó unas voces. Rápido se soltó el pelo, lo dejó caer sobre sus hombros. Acomodó su cabello fino de tal forma, que le cubriera su pecho manchado de hígado. El pintalabio pasó ligero. Juntó los labios con fuerza, para que el color rojo se pudiera esparcir entre las zanjas del tiempo en ellos. Se ajustó el vestido y volvió a su oficina. Sabía que el señor Ponce estaba por llegar.

En la tarde, él le dictaba cartas. Aún con los correos electrónicos, los calendarios sincronizados y las computadoras, Beatriz mantenía su maquinilla eléctrica. Era rara las veces que, tanto ella como el señor Ponce, le daban uso a la nueva tecnología. De algún modo, la fuerza del avance tecnológico no los pudo tocar, ni se les demandó. Sus modos y rutinas habían funcionado en armonía por tantos años que, seguían siendo tan sólidos y eficientes como una roca de mar jamás trastocada por las olas.

Bajó su cabeza para acomodar los cosméticos en su cartera. De subida, un leve mareo le nubló los ojos y perdió el balance. Sintió una punzada dolorosa con fuego en el pecho. El respiro era escaso, pero la voz del jefe la rescató.

—Beatriz, ¿está bien? Se ve un poco pálida

—Sí, señor, estoy bien. Un poco de indigestión, nada más.

—Si desea dejamos las cartas para mañana. Se va temprano a casa.
—No señor, estoy bien, lista para el dictado
—Esto es lo único que necesito. Llame a la floristería del vestíbulo en el primer piso y hágame un encargo de rosas. Como siempre, las que más le gusten.
—¿Algún mensaje o quiere que yo lo escriba?
—No, esta vez yo le dicto. "Para Beatriz, por los 40 años de trabajo abnegado, con cariño y respeto su jefe, Don Tomás Ponce". La mira y se sonríe.
—¿Creía que me había olvidado?
Beatriz llamó a la floristería. El alma le volvió al cuerpo.
—Muy bien señorita Lozada. Felicitaciones en su retiro.
—¿Cuál retiro?
—El suyo.

Minerva

※

A mis padres...

"Ella aceptó la complicidad con los ojos cerrados..."
El Amor en los Tiempos del Cólera.
Gabriel García Márquez

I

Minerva era la única hija de un comerciante, en la barriada Israel en Río Piedras, que por más de medio siglo tuvo una bodega de comestibles. Legítimos e ilegítimos; mantuvo las calles llenas de niños, hasta sus setenta años; cuando murió. Minerva nunca cono-ció a su mamá. Se crió entre muchachos con una madrastra que odiaba a viva voz sin dar disculpas.

La familia de Minerva había venido a San Juan, desde Morovis, a buscar mejor vida. Eran todos blancos de ojos claros, castaños y se enaltecían de su linaje español y su piel de leche. Eran tan proletariados como todos los del barrio; pero, habiendo llegado a una barriada desierta con un negocito, una libreta para fiar y una historia de linaje castizo; fueron acogidos como los de más buena tinta en el barrio.

El padre de Minerva la mantenía en la casa. Sólo podía salir a la iglesia con él o con su madrastra. En la iglesia fue que conoció a Armando. Era el primo de su mejor amiga. De primera mirada les llegó el amor. Lo supieron reconocer. Confrontaron muchos obstáculos para materializar la pasión. Rompieron todas las reglas para verse a escondidas. El amor pudo más. La madrastra de Minerva convenció a su marido de que mudara a Minerva a Nueva York. Decía ella: para que se olvidara de ese negro que la persigue. Así fue hecho y así fue consumado su encuentro cuando, tres meses después, Armando por las calles de Nueva York encontró el apartamento de la tía de Minerva. Pidió permiso para visitas; y, después de tres años, Armando y Minerva se juraron amor y compañía más allá de la muerte.

Bonita historia ¿no? Me decía Minerva todas las tardes mientras Armando tomaba su siesta. Me contó cómo dejó todo por él. Volvieron a Puerto Rico. Nunca tuvieron hijos. Jamás supe si era por la devoción que se tenían o por una mala jugada de la vida. Pero a ellos no les parecía haber afectado. En mis años de enfermero nunca vi una pareja tan compenetrada. Era tan increíble, que en muchas ocasiones sin Armando hacer ruido, de tan solo abrir los párpados, Minerva sabía que se había despertado.

Una vez volvieron a Puerto Rico, el padre de Minerva le regaló una casita de cemento en Barrio Obrero; rodeada de mangle, criaderos de gallinas; y, la pestilente laguna de San José a sus espaldas. Armando mantuvo durante el resto de sus días, su modesto trabajo en un estacionamiento en la avenida Barbosa. Minerva nunca trabajó fuera de la casa. Fue su voluntad la de cuidar el hogar y al marido. La vejez les llegó y con ella las enfermedades. A Minerva le tocó la diabetes. Todos los días ella misma se ponía su insulina. Armando era el del corazón enfermo. Unos años atrás le habían diagnosticado cardiomiopatía y tuvo que retirarse. La condición progresó. Fue entonces cuando los conocí. Necesitaban un enfermero en casa.

Un día Armando comenzó a quejarse de un continuo dolor en el pecho. Tenía la presión alta desde que llegué esa mañana. Me mantuve observándolo mientras leía el periódico en su silla mecedora. Se agarraba el pecho, levantándose en muy pocas ocasiones. El era tranquilo: no daba problemas. Era alto y delgado. Su cabello gris, ondulado y grueso, nunca permitió la calvicie. Pestañas largas y negras rodeaban sus ojos oscuros como almendras; grandes. Contrario a Minerva, su piel era de mulato. La vida de ambos nunca fue, ni pretendió ser diferente a la de todos. El amor y el pacto que los unía era lo único que ante mis ojos los hacía especiales.

Mi mente divagó ante lo acontecido más tarde esa noche, mientras sostenía a Minerva por los hombros. Todos pasamos por lo mismo. Como en cualquier situación colectiva, esperamos las cosas sucedan cuando lo predicen las estaciones de la vida. En primavera florecemos, en verano jugamos, en otoño se nos caen las hojas; y, en invierno, el frío nos convierte en hielo. Un solo toque, da rienda suelta a la apertura de una grieta. Se abre paso, nos multiplicamos en copitos de piragua. Nos derretimos, volvemos al agua. Nutrimos, preparamos el terreno para otras flores en turno.

Dicen que todos tenemos la oportunidad de cambiar nuestro destino. No sé si Minerva y Armando hubieran cambiado la vida que vivieron juntos. Fácil decirlo cuando se está conciente del porvenir. La mayoría de la gente, ni se preguntan lo que se supone fue, es o será lo vivido. "Pasarás por mi vida sin saber que pasaste", alguien dijo. Otro respondió: "Caminante no hay camino; se hace camino al andar". Dicen que en el último aliento, antes de la muerte, la vida se nos presenta de frente, por vez primera, para enseñarnos el camino andado. Eso dicen. No podría concebir que el amor de Minerva y Armando fuera vencido por la muerte. Su pacto los mantendría juntos, vivos o muertos.

II

Minerva frente al espejo dejó caer su cabellera gris. Miró en el espejo su rostro de zanjas hondas, los pellejos sueltos, vacíos por su cuerpo, vencidos por la vida. Armando, con los brazos desinflados, sentado en la cama; observó cómo su viejita todavía insistía en borrar las líneas del tiempo en sus mejillas.

Sonriendo le dijo: Minerva si yo siempre te he visto preciosa. En tu rostro lo que hay es esplendor. Sus hombros forcejeando con una fuerza de gravedad horizontal, giraron hacia él: Armando déjame retrasar el tiempo, remozar esta piel que te siente. Volteó su rostro al espejo. Lo miró desde el reflejo. ¿Estás bien?, le dijo. Sí, pero me duele el pecho. ¿Quiéres que te tome la presión? Con voz inquieta, Minerva le preguntó. Sí, estoy un poco mareado. Se levantó con su batita de algodón y estampados de mariposas, a buscar en el armario la maquinita. Entre los dos la compraron después de haber llenado tres latas de café Yaucono con las pesetas que sobraban del día. Minerva comenzó a sacar bolsitas de plástico. El armario estaba lleno de ellas. Todas con un nudo doble pero de colores distintos. Armando le preguntó: ¿cuál es tu manía con las bolsitas? En lo que encuentras la máquina se me explota la cabeza; y, todavía, estás soltando el primer nudo. Déjame Armando, contestó, que cubiertas las cosas se mantienen mejor.

Un pisotón de caballo sobre el pecho de Armando hizo que el color se le fuera del rostro. La bolsa cayó al suelo cuando un grito de dolor retumbó sobre las paredes de ese cuarto lleno de porcelanas y fotos. Cuando Minerva se acercó, Armando ya estaba en el suelo. Jamás lo había visto tan pálido. Con la angustia de un dolor nunca antes sentido, presintiendo la muerte cercana a él. Armando daba vueltas, se arrojaba al suelo con las manos en el pecho; y sin aliento, con ojos de buho le extendía las manos a Minerva para que lo salvara.

Le tomó menos de un minuto a Minerva para tomar el teléfono y marcar el 911. Sus gritos la angustiaban. Alcanzó los pantalones. Se los puso mientras llegaba ayuda. Le alzó los brazos para ponerle la camisa. Escuchó su nombre salir de los labios mordidos de Armando. Minerva, Minerva, no me quiero ir sin ti. Ella, con la voz más sólida que en medio siglo de matrimonio él había oído, le dijo: sea fuerte mi hombre que todavía nos queda mucho por caminar. Abotonándole la camisa continuó su nana de amor como antídoto de muerte. Piensa en mí, Armando, piensa en mí.

Sonaron las sirenas. Las luces entraron por las ventanas alimentándoles la esperanza de otras bodas de plata, oro y bronce. Llaves en mano, Minerva dejó entrar a los paramédicos. Observó cómo lo acostaron sobre una camilla con una máscara de oxígeno disolviendo el furor de sus gritos. Minerva se vistió rápido. Corrió a la cocina, sacó una bolsita plástica de supermercado para llevarse los medicamentos de Armando. La memoria no le daba para tanto nombre extraño: Plavix, Prinivil, Lipitor...

Entró con él a la ambulancia. Abrió la cartera, echó la bolsa de remedios a la vez que sacaba su tarjeta de asistencia pública. Contemplaba los ojos del viejito que sin parpadear la miraban. Conversaban, como las parejas que envejecen juntas; en silencio. Sus manos entrecruzadas se pasaban pulsaciones. Armando le dijo: aun después de la muerte estaremos juntos. Lo sé pues te veo conmigo tirando rocas a la laguna. Te veo con la Biblia en la iglesia del barrio. Camino de manos contigo sobre el puente de Brooklyn. Te siento tibia y te pruebo por dentro. Me veo en la cama esperándote con los brazos caídos. Me siento frío de los huesos a la piel. Te veo angustiada con una bolsita de plástico en tus manos. Vuelas alto con un viento sorpresivo.

Llegaron al hospital. Minerva me había llamado desde la ambulancia. Por suerte era noche de turno, y ya me encontraba en el hospital.

Los paramédicos salieron corriendo. Las compuertas traseras se abrieron. Sacaron a Armando, frágil, en una camilla angosta. Salió Minerva. Ella me abrazó el cuerpo, pequeñita con sus vulnerables huesos. Juntos caminamos hacia la sala de espera. Los doctores llegaron, de inmediato lo llevaron adentro. Al sentarnos ella me dijo: sin él yo no vivo, sin él yo no muero. Después de dos horas, el médico de turno salió soltándose la mascarilla. Minerva se levantó sacando la bolsita plástica con los medicamentos y su tarjeta arrugada de asistencia pública. Señora, su esposo... La sujeté fuerte por ambos hombros. Con voz suave me dice a los oídos: Armando tiene toda la razón. Ni la muerte ni la vida nos separará. Pues yo también lo veo conmigo frente al mangle. Está frente a la puerta de mi tía con copos de nieve sobre su pelo mirándome por sobre sus hombros. Observamos el río Hudson y planificamos un hogar. Caminamos por el pasillo central de la iglesia cubierta en flores. Siento sus piernas esparcir las mías. Lo siento adentro. Mondo un ñame para hacerle un sancocho, me peino y veo el reflejo pálido en el espejo. Está en el suelo y siente el frío polar de la soledad, veo muchas bolsas plásticas cerradas. Se me rompe en los brazos con dolor. ¡Minerva! levemente la sacudí para que regresara del susurro de su viaje hacia Armando. La bolsa saltó de sus manos. Los frascos cayeron al suelo. La funda de plástico voló con un viento que la recogió en la caída. Mientras Minerva se me escurría entre mis brazos el médico dijo:... está fuera de peligro.

Matilde

�֍

Selena reconoció de inmediato en esa "señora" a Solange de ventrílocua que la quería poner en su lugar. Dejarle saber quien era quien, que no se confundiera, aclararle a todos que ella, Solange Graubel, no era ninguna tonta.
-Sirena Selena Vestida de Pena
Mayra Santos-Febres

1

Qué bueno que llegaste. Esta mañana me levanté con las nostalgias arriba. Le pedí a la empleada que me trajera mi cajita de recuerdos. Siempre te estaré agradecida por habérmela regalado. Ahora puedo tener un lugar en donde poner mis tesoros. Seguro que guardo los aretes que me trajiste. Mírame, los tengo puestos. ¿Te gustó el peinado que me hizo François para la gala? Es un peinado de señora. Recuerda que ahora soy la Madama. Le pedí que recreara el peinado de Alicia Alonzo en su concierto en Puerto Rico. Cuéntame ¿cómo te fue en Dinamarca? No debiste haberme traído otro abrigo. Sabes que ya no viajo tanto; y aquí, no les puedes dar uso. Claro, a menos que vaya a una reunión social en la hacienda de Barranquitas. Me recuerdas tanto en mis años de juventud. Estás preciosa. Tienes un pecho nuevo. ¿Qué te pareció el cirujano? Excelente ¿no? Lo sé, aparte de buenas manos, su talento lo tiene en la fama. No te preocupes si el pezón izquierdo está más arriba. A la hora de manosearlos, ellos ni se fijan. Debes de estar acostumbrada. ¿Cuántas veces te lo he dicho? No puedes insistir en tener la luz encendida. Ellos no te quieren ver. No es que no quieran apreciar tu belleza, simple y sencillamente, aquí, lo amores clandestinos se hacen a ciegas. Pues seguro. Mira lo preciosa que eres. Tienes que estar clara. Es tan solo para nuestro propio deleite. ¿Qué saben ellos? Nada. Si te empujas más arriba de los hombros, no van a saber cual es la cueva en donde dejar lo que supuran sus canicas.

Ven, siéntate. Te mandé a pedir café. Sé que no es de Austria o Johannesburgo; pero, es fresco, de nuestra siembra en Barranquitas. Me encanta que vengas a verme.¿Sabes? Mi amiga Sylvie me envió una carta. Se que tengo que ponerme al día. Que nadie escribe cartas a mano. Pero no cambiaría por nada las cartas en papel bordado con olor a lavanda que recibo desde Niza. ¿Te gustaron los chocolates? Recuerda: fue Sylvie quién me los regaló. Muy finos. Todo lo de Francia es fino. Nunca te he dicho cómo ella y yo nos conocimos. Fue en Nueva York: ambas modelábamos para Andy Warhol. Exactamente. La conocí en el Hotel Chelsea de la veintitrés. ¿Ves esas fotos en la pared? Él las tomó. Ya te lo había dicho. Se que tanto viaje por el mundo te vuelve olvidadiza; pero, una siempre debe recordar las cosas importantes. De las niñas de tu generación, estoy segura, ninguna ha conocido una modelo veterana que haya trabajado para Andy Warhol.

La única puertorriqueña de su agencia. Recuerdo que en mi honor se le ocurrió hacer unos bocetos de latas de salsa goya. Claro, como los de las sopas Cambells. ¿Quiéres que te cuente otra vez?

II

Cuando me gradué de la Universidad decidí salir de la isla a buscar fortuna. En aquella época era difícil para la gente entender nuestro talento; a menos que fueses de esos barrios, en donde eras el hazmereír de todos. Como tú, nací en uno de esos pueblos. Desde niña siempre se burlaron. A mí no me daba vergüenza hacerme los rolos y salir a buscar leche. Por supuesto que mi padre y mis hermanos me golpeaban. En frente de otros ojos para lidiar con su vergüenza ajena. Sin embargo, durantes las noches, más frecuente los fines de semana, después de una borrachera larga; en fila, llegaban a mi cama. Me hacía la dormida, no tenía madre a quien llamar y mi padre era el más culpable de todos. Pero estaban solos y un favorcito como ése no se le niega a tus queridos. Siempre él era el primero. Los oía llegar y me arropaba enterita. Me gustaba dormir solo en panticitos. Papá llegaba al cuarto de puntillas. Como si fuera a destapar a un ángel rodaba la sábana poco a poco, me bajaba los panticitos, escupía y cantando una nana me la iba metiendo pulgada a pulgada. Una vez salía, los demás; como te dije, hacían la fila. Mamá murió cuando yo tenía cuatro años. Alguna mujer los tenía que cuidar. Era buena estudiante. Tuve buenas calificaciones. Ése iba a ser mi escape. Irme a San Juan, a la UPI a estudiar lenguas. Sabía que no me fajaba para traer el arte al populacho. Mis fronteras eran otras. Paris, Roma, Londres, Florencia, Mónaco y quizás Nueva York; lo único salvable en el país de los gringos. Tengo que aceptar, y agradecerle a Nueva York, haberme permitido encontrar el cuerpo que debió haber sido. Mi gloria comenzó en los niuyores, en las pequeñas barras oscuras con escenarios. Matilde Cocó era mi nombre. Era mi propia Diva, nada de identidades prestadas, ni de imitar las mujercitas de la cultura pop americana. De vez en cuando hacía números especiales de mis propias diosas. Con mucho profesionalismo, honra y respeto. Obviamente tenía mis preferidas. María Callas, Alicia Alonso. Pero yo, Matilde, tenía mi propio talento, mejor dicho, talentos. Imagínate esta mujer de seis pies, delgada con curvas suaves y huesos prominentes. Mi piel trigueña y mi cabello de rizos largos hacían resaltar mis ojos grandes, negros, penetrantes. La cinturita me cabía entre las manos. Esa era la clave de mi belleza; unas extremidades largas y hasta cierto punto grotescas. Escenarios, pasarelas, musicales; ése era mi destino. Como dijo aquella mocosa que se atrevió a llamarse Madonna, que de Madame no tenía nada. Conquistar el mundo fue mi labor. Y lo hice. Conquisté el mundo. ¿Cómo está el café? Me alegro. Hoy te tengo otra sorpresa. Son unas galletitas muy finas que se encuentran en reposterías exclusivas de Mónaco. Vamos, prueba una. Regia, me encanta ver cuán sofisticada te has vuelto. Ni una migaja de galleta te cayó en la falda.

  Conocí a Sylvie después de varios años en Nueva York, en una de las presentaciones de arte de Andy. Nunca le he confesado a nadie lo que te voy a decir. Sylvie y yo nos enamoramos a primera vista. De cruzada en una pasarela. Cuando vi a aquella mujer nórdica, de cabellos rojos, por poco me muero. Tenía pómulos altos, pecas y una piel tan blanca que parecía pura nata. Sus labios eran aun más carnosos que los míos. Rojos como el rojo que no se ha visto nunca. Después del show nos tomamos de manos como niñas acabando de jugar, listas para la fiesta en pijamas. Nos fuimos juntas al hotel Chelsea. Era mi primera vez con una mujer. Estaba muy nerviosa. Pero ella no titubeó en sus caricias. Me desvistió, rozó mis pezones con sus dedos largos, los besó, se arrodilló y me observó la vejiga por lago rato. Luego, con sus dedos, iba palpando cada cicatríz en mi pubis y ese pequeño pulgar, que todavía me guindaba por encima de la nueva vulva; se puso en alerta. Con sus ojos de gata, largos y azules, me miró a los ojos sin pestañar, sonrió y abrió su boca. Desde esa noche fuimos inseparables por largos años.

Sylvie se fue a París y unos meses más tarde salí detrás de ella. Los fines de semana me sacaba con ella a los clubes más exclusivos. Una noche conocimos un fotógrafo de mucha fama en París. Kris Gautier. El mismo. ¿Conoces la famosa Mercedes? Sí, la bailarina del Moulin Rouge. Él fue quien la hizo. Esa noche, Madmoiselle Cristine; una vieja amiga, nos dijo que él estaba buscando modelos para el nuevo cartel del Moulin Rouge. Yo no le dí mucha importancia. De lo poco que había oído acerca del lugar, no me pareció estar a mi altura. Sabes que yo no sigo las fiebres americanas. Para ese entonces, se estrenó una película autraliana que elevó de categoría aquel lugar presuntamente vulgar. Ese era el cometido del fotógrafo.

Traer al Moulin Rouge a un nivel sofisticado en el siglo veintiuno. Era un legado real de París. Así me lo vendió. El can can, las noches de bohemia de a principios del siglo veinte se dieron todas allí. Aun así, no me mostré interesada. Eso siempre trabaja. Pedí un Cosmopolitan y saqué un cigarrillo guardado entre mis senos. Eran preciosos. Con los movimientos clásicos, de una mano que ha bailado ballet, me llevé el cigarrillo a la boca tal y como lo hubiese hecho Alicia Alonso. Una mano se acercó a darme fuego. Era Gautier. Ahí comenzó mi carrera en París. Me convertí en su musa. Siempre estuve preparada con mis clases de canto, baile clásico y jazz. Soy criatura renacentista como lo eres tú. De modelo de ficha, pasé a ser bailarina principal del Moulin Rouge, después de Mercedes. Diez años. Luego, modelé para Jean-Paul Gautier; y sí, es cierto, tuve un romance con David Bowie. Con él conocí Inglaterra, el TRADE de Londres y el Sound Factory de Nueva York. Esos años primaverales fueron gloriosos. Nunca volví a Puerto Rico. Me repugnaba el calor, el sudor y lo provincial del puertorriqueño. Tanto homenaje a los gringos me desesperaba. Obviamente los ricos nuevos y el populacho indeciso. Las colonias deben ser para perfumar, no para ser subyugadas. Nunca me apreciaron en esa isla. Jamás cambiaría la vida que he tenido. ¿Qué cómo llegué a este lugar? Mis conexiones. Claro que algunas veces pienso en los hermanos que me dejaron ir sin reparos. Te tengo que admitir, a veces echo de menos un buen día de playa, a pesar de mis alergias al sol. Pero aquí estoy bien. Mi primavera y verano han pasado. Los años otoñales se viven así, como los vivo ahora. Toma nota. Aquí vivimos las glorias de hace treinta años. Mercedes, a quien te mencioné, vive aquí. Sofía Perú, Sirena Selena, Soledad de Viento y Tina Turndown. No le prestes atención a los cuentos que te hagan. Nadie mejor que tú sabe de que estoy hecha. Tampoco te angusties por los improperios hacia ti. Tu alma es tan dulce como la mía, aunque nuestros cuerpos estén llenos de plumas de ganzo. Es hora de andar por el jardín. Qué maravilla. Entonces sales mañana para Moscú. Déjame darte mi dirección. Me encanta colectar en la cajita, las postales que me envías. Dame un segundo, la empleada me acaba de traer las aspirinas. Escucha bien: "Asile d´áliénés Juliá", Rue de la Ponce de León 26663, Paris, France. Ä tout ä l'heure mon ami, ä tout ä l'heure.

NOTA BIOGRÁFICA

MOISÉS AGOSTO-ROSARIO (San Juan, 1965) obtuvo el grado deBarchillerato en Artes de la Universidad de Puerto Rico en el 1988. Miembro de la Generación de Poetas de los Ochenta en Puerto Rico.

En 1988 su libro inédito ***Porque la construcción de los profetas*** recibió mención de honor en el "Certamen de Poesía Evaristo Ribera Chevremont", auspiciado por la revista literaria ***Tríptico***. Junto a Joey Pons publicó ***Poemas de la lógica inmune*** (1993).

Sus poemas y narraciones han sido publicados en las revistas ***Contornos***, ***Revista Cupey*** de la Universidad Metropolitana, ***Revista Hostosiana*** de Hostos College, CUNY, Nueva York; sección ***En Rojo*** del periódico Claridad; ***Revista Centro*** (Hunter College). También en las revistas de literatura electrónica: ***Desde el límite***, ***Letras Salvajes*** y ***Blithehouse Quarterly***. Asi mismo su poesía figura en las antologías ***Mal(h)ab(l)ar*** (1997), editada por Mayra Santos-Febres, y ***PoeSIDA***, editada por Carlos Rodríguez.

Actualmente escribe su primera novela.

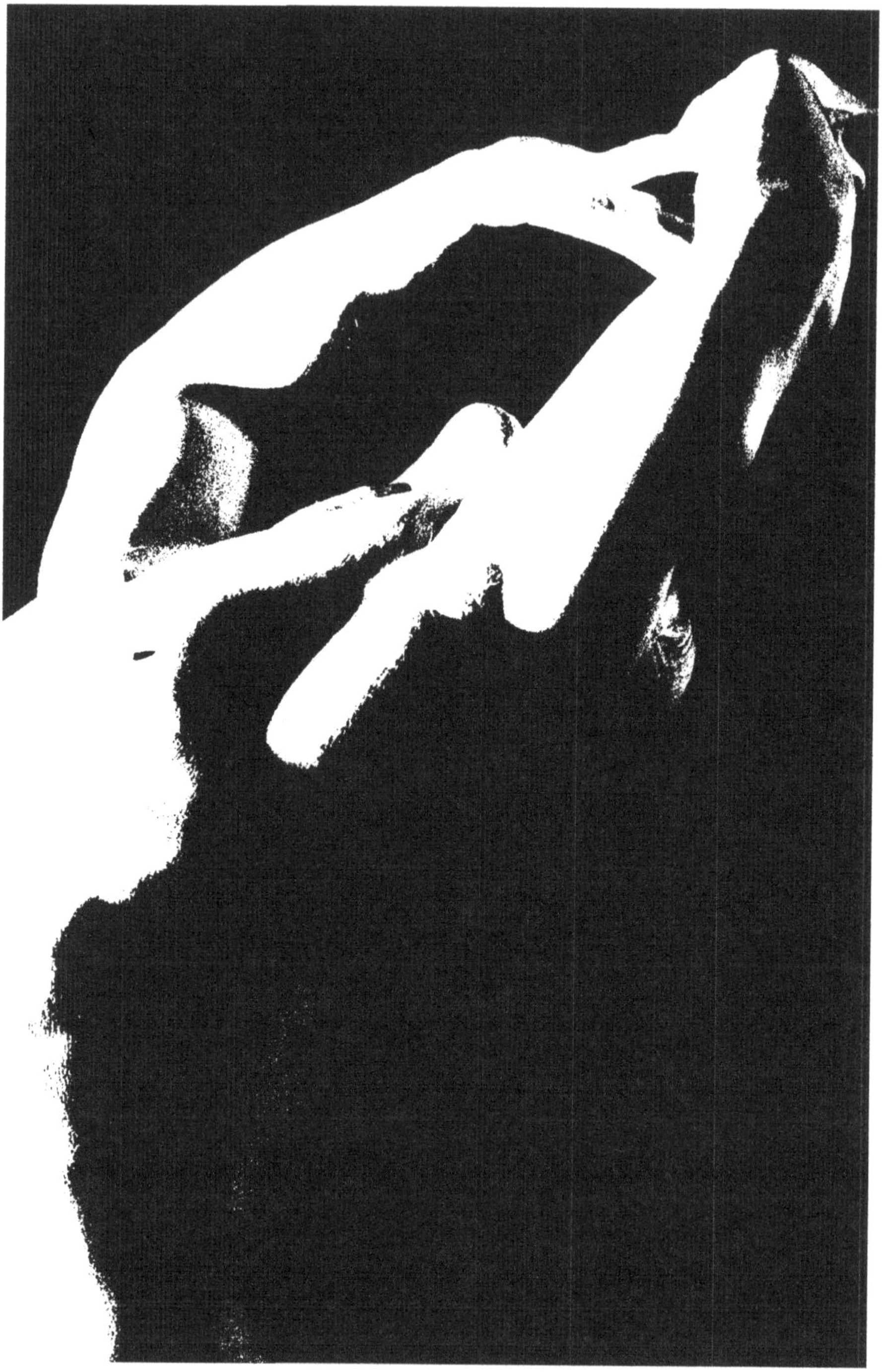